済東鉄腸
Tettyo
Saito

Eu nu prea ies din casă,
abia de parasesc Chiba,
nu am fost niciodată
în străinăta
dar am dev
scriitor ro

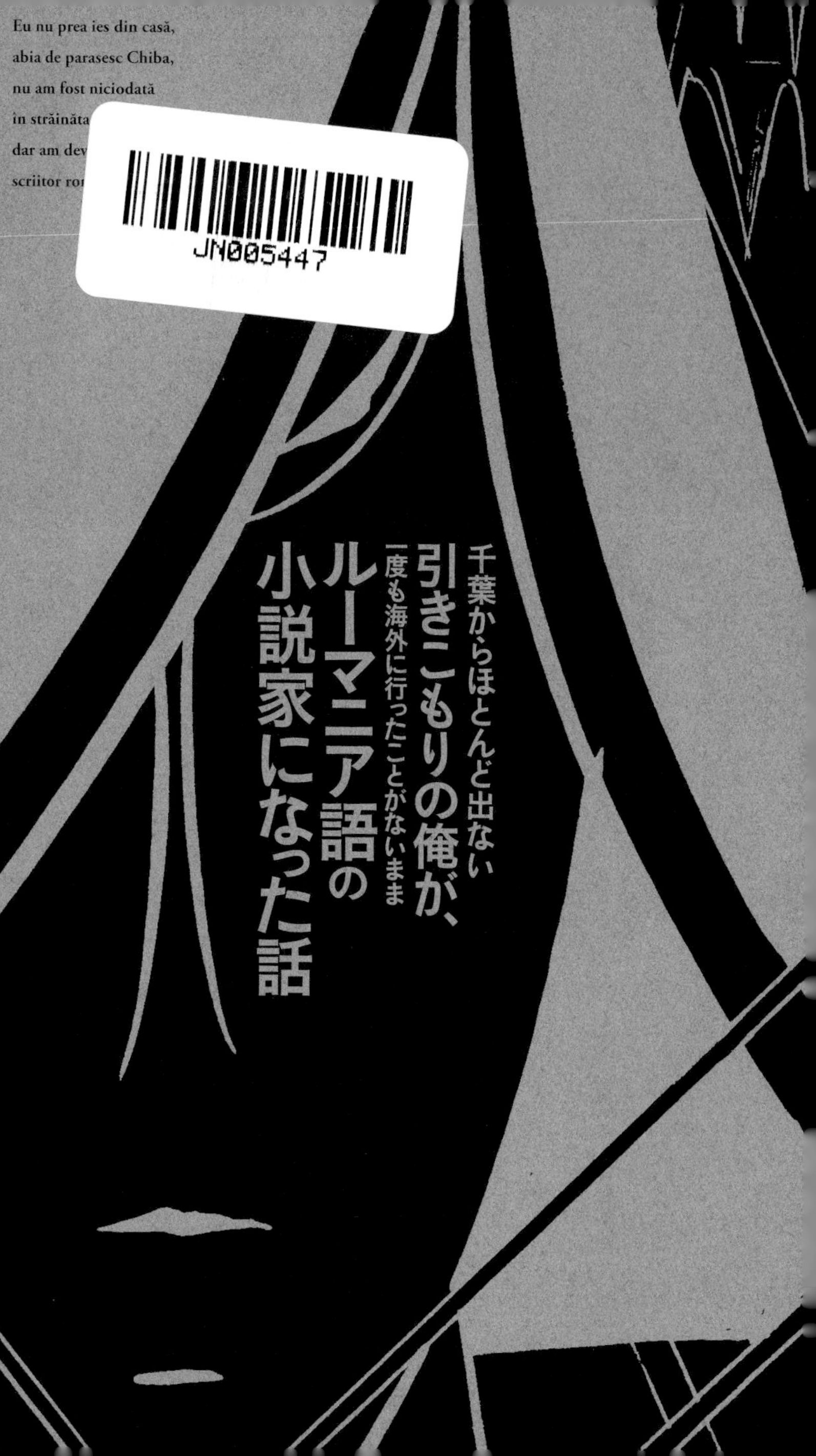

千葉からほとんど出ない引きこもりの俺が、一度も海外に行ったことがないままルーマニア語の小説家になった話

左右社

千葉からほとんど出ない引きこもりの俺が、ルーマニア語の小説家になった話

目次

0 はじめに

日本に住みながらルーマニア語で小説や詩を書いている日本人の小説家。

この文章を見て「なかなか面白い〈設定〉だね！」と言ってくれる人はいるだろう。だけども「へえ、そんなことが実際にあるんだね！」と言ってくれる人、つまりこの文章を「現実」のものと思ってくれる人はいるだろうか。「いや、そもそもルーマニアってどこの国？」と言ってくる人の方が多いんじゃあないかと感じる。しかし、こんな問いかけをする俺自身がその「日本に住みながらルーマニア語で小説や詩を書いている日本人の小説家」なんだ。

まず少し、形式的な自己紹介をさせてほしい。

俺は一九九二年九月十日千葉県生まれ。今もここに住んでいて、三十年間千葉と東京からほとんど出たことがない。海外には一度たりとも行ったことがない。まあ、虚弱体質で、クローン病って腸の難病も持っているからね。

普段は主に映画批評家をやらせてもらっている。今は〈鉄腸野郎Z-SQUAD!!!!〉というオンライン映画雑誌を運営しており、特に日本では未公開である世界の映画作品を中心に紹介している。映画パンフレットや「キネマ旬報」などに寄稿するとともに、時々は海外の映画雑誌に英語で記事を執筆するなどもしている。

そして二〇一九年からはルーマニア語での活動を始め、主に小説と詩を執筆、作品は〈LiterNautica〉や〈Revista Planeta Babel〉といったルーマニアの文芸誌に掲載されている……。

自分でも信じがたいことなんだけど、本当にこれは現実なんだ。そうルーマニア、そしてルーマニア語なんだった。

読者の皆さんに少しお聞きしたい。ルーマニアと聞いて何が思い浮かぶだろうか？

吸血鬼ドラキュラ？　確かにそうだ。最近は漫画の『吸血鬼すぐ死ぬ』（秋田書店）がアニメ化も相まって人気になり、時々ネット上でもルーマニアの名前をちょいちょい見掛けるようになった。嬉しいことだ。だけど『吸血鬼ドラキュラ』を書いたブラム・ストーカー（Bram Stoker）はアイルランド人で、この作品は彼がルーマニア、というか東欧の伝承を基にして書いた創作ということを知っている人はいるだろうか？

年配の方ならナディア・コマネチという名前を想起する人もいるかもしれない。正確にはナディア・エレーナ・コマネチ（Nadia Elena Comăneci）だ。ビートたけしの「コマネチ！」という全くもって謎の一発ギャグのおかげで、若い人にもこの名前を知っている人が割合いるのには驚かされる。社会主義政権が生み出した唯一無二のスター体操選手、彼女もまたルーマニア人だった。とっくに亡命してアメリカ国籍を取っているけどね。

もし文学好きなら宗教・神話学の大家であり、ルーマニアで最も有名な小説家の一人ミルチャ・エリアーデ（Mircea Eliade）や、映画好きならルーマニア映画で初めてカンヌ国際映画祭の最高賞、パルム・ドールを獲得し日本公開もされた『4ヶ月、3週と2日』とその監督クリスティアン・ムンジウ（Cristian Mungiu）なんかを思い浮かべる人もいるかもしれない。でも芸術でいえば、反出生主義者であり反哲学者たるE・M・シオラン（Emil Mihai Cioran）、ダダイズムの創始者トリスタン・ツァラ（Tristan Tzara）、抽象彫刻における先駆者として名高いコンスタンティン・ブランクーシ（Constantin Brâncuşi）も実はルーマニア人なんだ。知ってた？

他にはまあ、独裁者ニコラエ・チャウシェスク（Nicolae Ceauşescu）と彼が率いた社会主義政権を想起する人が多いことは致し方ない。極端な社会主義を推し進め、国民をとことん踏みにじった挙げ句、一九八九年にはルーマニア革命によって権力の座を追われ、よりにもよってクリスマスに処刑された。その生中継をテレビで観た、もしくは動画をYouTubeで観たなんて人もたぶんいるだろう。そしてその後にも資本主義の波に乗れず、貧困に喘いでいる東欧の小国……。悲しいが日本でのイメージはそういうものだろう。

そしてこの国の公用語がルーマニア語である。

東欧だからチェコ語やポーランド語、もしくはロシア語などと同じスラブ語派と思ってしまうかもしれないが、実はルーマニア語はロマンス諸語に属している。つまりフランス語やイタリア語、スペイン語の親戚という訳である。特にイタリア語なんかは勉強しなくても、読んだり聞いたりするだけである程度意味が分かるなんてことが起こるほど近しい関係性にある。しかも実は、ルーマニア語はラテン語の枠組みを最も引き継いでいる現代語という説もある。ロマンス諸語の中で一番影が薄いっていうのに！
それでいて周囲をセルビアやウクライナ、ブルガリアといったスラブ語圏に囲まれているる故に、随所にスラブ化が見られるという特徴もある。語彙を見ても a iubi（ユビ：愛する）や război（ラズボイ：戦争）など、基本語彙にスラブ語由来の単語が多く見られる。そして他のロマンス諸語にはない、属格などの語系変化も存在するのだ。だが体感として、発音にその影響を一番感じる。語彙や文法自体はイタリア語に似ているので、それを彷彿とさせるのだが、発音は玉がコロコロ転がるようなスラブ語の響きに近い。口を大きく開けずに喋るという発音法に、よりスラブ語を感じさせるのだ。

だが日本じゃそんなことも全く知られてないだろう。「へえ、ルーマニア……ルーマニアで話されている言葉って何語？」っていうのは頻発する質問だ。ここでぜひとも、ルーマニアの公用語はルーマニア語ってことだけは覚えてほしいところだ。

そして自分はそんな日本においてはひどくマイナーな言語で小説や詩を書き、それがルーマニアの文芸誌に掲載されている。この現実が今でも信じがたい。夢見心地な感覚がずっと続いている……。

今年二〇二三年、ルーマニア語で小説を書き始めて四年になる。そして昨年の九月十日に三十歳の誕生日を迎えた。Don't Trust Over Thirty! なんていう、古風な言葉を信条にしてきたが、そんな自分こそが信じちゃいけない三十過ぎの人間になったというのに複雑な感情を抱いてしまう。

　ということでここ最近の一年ぐらいは「三十になる前にルーマニアで本を出版する！」とルーマニアの友人たちに宣言し、短編集の原稿を出版社に送ったり、長編の計画を立てたりと色々水面下で活動していた。気を引き締めるために、自分の文学的ルーツである「日本語に翻訳されたルーマニア文学」を再読するということもしていた。

　その最中にこの本を書くことになった。ということで俺はこの本を通じて、どうして済東鉄腸という日本の引きこもり馬鹿野郎がルーマニア文化やルーマニア語を好きになったのか、その好きが高じてどのようにルーマニア語で小説家になったのか、そしてどんな風にルーマニア語という日本語とは全く異なる言語で作家活動をしているのか、そういったことを皆さまにお伝えしたい所存だ。

　これが、遥かな極東で燻っていた俺を受け入れてくれたルーマニアの人々、そして何よりルーマニア語への恩返しになってくれることを心から願う。

　ということで大いなるルーマニア語の世界へ、いざ行かん！

1 引きこもりの映画狂、ルーマニアと出会う

子供部屋から大言壮語

Aş putea să stau închis într-o coajă de nucă şi tot m-aş socoţi Rege al spaţiului infinit.

ご挨拶代わりに、俺にとって最も重要な言葉をルーマニア語で書いてみたよ。意味は

こうだ。「このおれはたとえクルミの殻に閉じこめられようと、無限の宇宙を支配する王者と思い込める男だ」。

これを読めば理解してくれる人もいるだろう。

そうなんだよ、つまり『ハムレット』の引用なわけだよ（ちなみに白水社の小田島雄志訳ね）。俺は自分でも妙に思える人生を送らせてもらってる。ルーマニアのルの字も聞こえやしない、千葉のどっか。住んでる町には地下鉄は通ってるけども、マクドナルドもなければ牛丼屋も一軒たりとも存在しない。そのクセ、歯医者だけは何でだか四、五軒くらいある陸の孤島みたいなところ。そんな町の片隅にある何の変哲もない家、その二階で俺はほとんどの日本人が理解できないルーマニア語をタブレットに向かって叩きつけてる。下の階では両親がふつうに飯とか食ってる。つまり実家暮らし。しかも生まれてこの方三十年、ろくに外の世界に出たことがないんだ。いわゆるアレだよ、引きこもりってやつ。生まれついての引きこもり体質。子供部屋おじさんを運命付けられた存在。クルミの殻に閉じ込められた社会不適合者、というわけ。

なのに何らかの超越的存在は、俺をそこで終わらせてくれなかった。

今俺は、何故だかルーマニア語で作家をやらせてもらっている。小説に、詩に、日本文学の紹介記事に、時々はエッセイ。それで何度もルーマニア語でインタビューも受けて、この勢いで日本人として初めてルーマニア語で本を出版したいと計画を立てている。

そして他にもまだまだでかい野望を持っているのさ。そんな俺は、だから冒頭に挙げたハムレットの大言壮語にどうしようもなく共感してしまうんだ。

「いやこの後、ハムレットなんか破滅一直線で、壮絶な最期迎えてんじゃねえか。そんなやつに自分を重ねて酔いしれてんじゃねえよ。もっとシャンと生きろ！」そう忠告してくれる人もいるかもしれない。全くごもっとも。

だが狂気に陥りながらも、自らの運命というヤツに立ち向かったハムレットの言葉は、俺を強く突き動かしてくれる。だからこそ俺は敢えて、この千葉の子供部屋から、ハムレットに倣って、破滅すら辞さない所存で以て威風堂々と、ナルシシズムってやつを、自己愛ってやつを標榜してやりたいんだ。

Eu sunt japonez dar pot vorbi limba română. În plus, scriu o poveste în română.
Afurisit de mişto, nu?

「俺は日本人です、だけどルーマニア語が喋れます。しかも小説だって書いてる。マジで悪魔的なまでにカッコよくない？」……ってね。

鬱、震災、引きこもり

まあこういう感じで、済東鉄腸ってルーマニア馬鹿は生きさせてもらってるよ。ただし、ルーマニアについて語る前に、もう少し俺のことを語らせてくれ。

俺は、そう引きこもりだ。昔からどこまでも内向的な、考えすぎ人間で、大学を卒業した二〇一五年からは色々あってマジの引きこもりになって今ここに至ってる。現在進行中だ。もう少し正確に書くんなら、二〇一五年から二〇二〇年までは週一でバイトして、映画観る金くらいは一応稼いでいたんだ。だが二〇二〇年以降にコロナが蔓延してバイトが消し飛んでからは、居るのは家か図書館か、図書館横のショッピングモールかって感じ。さらに二〇二一年からはクローン病って腸の難病にもかかっちゃって、安静を余儀なくされている……。で今現在って流れだ。

とはいえ「ずっと部屋に籠もってるやつじゃなきゃ引きこもりとは言えない！」なんて言う引きこもり過激派もいるかもしれない。でも、厚生労働白書じゃ「様々な要因の結果として社会的参加（義務教育を含む就学、非常勤職を含む就労、家庭外での交遊など）を回避し、原則的には6ヵ月以上にわたって概ね家庭にとどまり続けている状態（他者と交わらない形での外出をしていてもよい）を指す現象概念である。」って定義だよ。コロナ禍以降の俺はもう完全にこれだったし、そう肩肘張らずに俺に「引きこもり」って自称させてくれよ。

　でだ、俺の引きこもり人生を振り返るなら、そもそも俺は千葉と東京を出た記憶がほとんどないんだよな。

　ばあちゃんの家が静岡にあったからそこに時々行ったり、子供の頃は年に一回の夏旅行で茨城とか新潟に行ったりしたことはある。だけど鬱状態ひいては引きこもりになった後の十年間、マジでほぼ千葉と東京を出たことがない。だからそれ以外の場所に行ったことは指で数えられるくらいしかないな。かといって、じゃあ数少ない旅行に関する記憶が残っているかと言えば、全然。旅行の記憶よりも、ホテルの部屋で明石家さんまのバラエティがやってたとか、日光江戸村のお化け屋敷が妙に怖かったとかそういうのばっかが記憶に残っている。

　むしろルーティンを崩されての不安感や落ちつかなさの方を妙に覚えてるんだよ。見知らぬ天井なんて言葉は、いつであっても不安の象徴として心に込みあげてくる。

最後に行った旅行は高校二年の沖縄への修学旅行だった。でもここでも残ってる記憶はロクなもんじゃない。初めて飛行機に乗ってすげービビって席でおしっこ漏らしたのと、沖縄がマジでずっと曇ってたってくらい。一つだけ良い思い出もあったな。どっかで喰った塩ちんすこうが旨かったんだ。こっから塩キャラメルとか塩バニラとかそういう塩系のスイーツが好きになったんだよな。まあ、それくらいだ。

それからはあれよあれよと引きこもり転落への道ですよ。大学受験失敗に、東日本大震災で放射能だなんだのすったもんだ、更には大学に行ってもサークルで失恋なんて経験しちゃって、このホップ・ステップ・ジャンプで何かが完全に壊れたね。あーあって感じだった。でも後の四年間は大学通っていて、一応引きこもってはいなかった。何とか大学は卒業しなきゃと必死こいて半蔵門線とかに乗って、曲がりなりにも大学には行ってたからね。

でも無だったたな、正直。もう心が壊れちゃってたから、思い出もクソもない。というかその時の出来事に関しちゃ、断片的に何かを思いだすことはできるんだけど、そういう点の数々を繋げて線にする、そして具体的なものを思い浮かべるってことが上手くできないんだ。脳髄がそれを拒否してる。

だからこの四年間は、「失われた」って言葉が少なくとも俺にとってはしっくり来る時代だった。大学生活なんて世間じゃ青春の最高潮とみなされてる時期をそんな風にしか過ごせなかったってのは、まあ残念なんだが、俺らしいわなとも思うよ。

　その思い出すことも厭な四年間の最後を飾ったものが何だったかっていえば、就活だよな。こんな風に大学生活を過ごしていた、というかやり過ごしていた人間が就活を耐えきれると思うか？　これに関しても思いだそうとすると吐き気が込みあげてくる。出来事それ自体よりもリクルートスーツのごわごわな触感や、肌にそれが触れた時の不愉快さ、この姿でトイレ行った時の慣れない手つきとか、そういう厭な感覚ばかりが甦る。

　そんななかで一つ思い出すことがあった。大学四年間で最後のゼミ、そこでの最後の飲み会だよ。三年いたゼミの教授がパワハラ事件起こしたせいで、別のゼミに行かざるを得なくなってね。それでよく知らん教授の下に、よく知らん他のゼミ生と一緒になって、だからもちろん何の交流も起こることもなかった。なのに最後の飲み会は何か参加しちゃったんだよな。そこでビール飲みながら、妙な酔っ払い方しながら「就活、失敗しました～」とか、結局最後まで名前すら定かじゃない人にヘラヘラしながら言ったんだよ。この軽薄さだけは妙にハッキリ覚えてる。

　つまり、とうの俺自身が傷ついた自分をまともに扱おうとしなかった、不誠実だったってことだな。そんなんだから、四年の末に力尽きて、俺の心は実家の部屋に崩れ落ち、身動きがとれなくなる。こっから麗しの引きこもり生活が幕を開けたんだ。

復讐みたいに映画を観まくる

一時期、Twitterとかで「ストロングゼロ文学」みたいな言葉が流行ったのを覚えているだろうか。文学賞に応募してくる新人の原稿に、主人公が朝起きたかと思うと枕元にあったストロングゼロを飲むみたいな描写があるやつが多すぎるって。あの頃、そういう陳腐な「ストロングゼロ文学」ってやつを、俺自身が生きていた。マジでそういうつまんねー型通りの地獄を生きてたんだ。

ということで二〇一五年、引きこもり時代始まりの年。俺の心は底無しの深淵のなかにあったよ。金なし、仕事なし、友人もなし。何もない、本当に何もない。自分に残されているのは途方もない鬱の渦だけだ。引きこもりとしてドス黒い人生を生き、両親には家に卵を撒き散らすゴキブリのように見くびられていた。しかしどこにも行けない、行く気力もない。部屋で死んでるか、俺は外に出てるから引きこもりじゃない！って感じで外をフラフラしてた。

何か、こういう状態における時間感覚って異様なものになったりしてるよな。まず、何もしてないと時間が永遠のように感じるんだ。小学生が噛んでたガムを口から取り出して、唾液まみれのそれを指でビヨぉンと伸ばして遊ぶ、みたいなのあるだろ。ああいう風に時間が汚ならしく伸びていく、どこまでも伸びていって終わることがないって悍《おぞ》ましい感覚を、確かに抱いていたんだ。そうして苦しみの一分が永遠にも感じる。とか思ったら、いつの間にか数時間もの時間が経ってるってことに驚いたりする。さっきまで一分が永遠にも感じられていたのに、今は数時間が一秒で過ぎてしまったっていう時間の消失が繰り広げられるんだ。

こうやって時間感覚というやつが、永遠と瞬間を激しく行き交うんだ。完全に脳の神経がバグってんだよな。

こんな、言葉で説明しようとするなら矛盾しているとしか思えない、あまりに極端な感覚のなかで生きていると、何だか知覚そのものが磨り減っていくんだ。無気力状態で床に倒れ伏しているうちに、時間は残酷なまでに過ぎ去る。一日、一週間、一ヶ月、一年なんてあっという間に過ぎ去るよ。

そしてこんなバグった無気力状態の次は、まあ希死念慮ってお決まりのやつですよ。生きていても何もいいことがないって思い詰め、自殺したくなる。でも実際は自殺する勇気もない。だから結果的に生きちゃってるっていう、ドン詰まりの状態だった。本当、この時の俺は、世界から取り残されていくって意味で浦島太郎みたいな存在になっていた。ただし俺がいるのは楽園じゃなく、監獄って感じだったが。

　そこにおいて、俺の心を癒やしてくれたのは映画だった。

　以前は小説を読んでたけど、ぬるい悪夢のような大学生活のなかで小説への情熱は失われた。そして鬱状態だと読書っていう能動的な行動ができないんだよ。家にいるのが厭な時は図書館にも行ったけど、実際本を読まなかった、読めなかったんだ。

　その代わりになったのが映画だったんだよ。いや以前から常人以上には映画も観ていたけれど、映画って一回再生すれば勝手に垂れ流されるから受動的に観るってことが可能で、鬱状態の俺にはマジでありがたかった。

　それで映画を観ている時だけは心が安らいだんだ。俺の状況とは全く異なった光景の数々が目に入ってくると、色々と気が紛れるんだよ。高級車がド派手に爆発するとか、子供たちが極彩色のおとぎの国で冒険するとか、ハリウッド的な美男美女がすごい勢いでキスしてたりだとか、そういう光景がその頃の俺にとってはたまらなく眩しくてさ、それだけで泣けてくるし、カタルシス味わっちゃったんだ。時々は這いずるように映画館にも行くことはあったけど、ほとんどがテレビ、パソコン、タブレットでの鑑賞だったな。だから液晶も小さいもんだよ。それでも俺の心は全然マシな状態になった。世界そのものに対する爆発的な哀しみ、破壊的な不安、静かなる怒りを忘れることができたんだよ。

そして引きこもり生活における最低の悪友が、焦りというやつである。無慈悲なまでに時間が過ぎ去っていくなかで、俺たちの心のなかには「自分は何も成し遂げてない！」という焦りが首をもたげてくる。バーナーから噴出される火炎放射みたいに、背中を焼いてくるんだよ。引きこもり生活ってのはつまりこの焦りとの飽くなき闘いなんだ。

この闘いのなかで俺がやり始めたことこそ、映画批評を書くって行為だったんだ。よく言えば生存闘争、悪く言えば現状への言い訳だな。俺だって何かをやってるんだぞと親含めた周りの人間へのアピールだった。

そういう流れで最初はTwitterへ、大学時代よりも長めになった感想を書き散らし、それが更に長くなっていって、はてなブログに映画の長文レビューを書くようになった。こうやって毎日、映画批評家の猿真似をしていって、チンケなプライドを守ろうとしていたんだ。

だが実際、真似事っていうのは重要だ。

批評にしろ創作にしろ、スポーツにしろ語学にしろ、そして生きることそれ自体にしろ、模倣というやつから全てが始まるからだ。がむしゃらに映画を観て、映画批評を書いて、映画批評を読むなかで、日本の映画批評に不満を覚えるようになる。日本の映画批評家は、映画の語り方に関する美学が肥大するばかりで、語るものへの美学がないと感じたんだった。つまり日本で上映される、日本語字幕のついた作品しか論じないんだよ。それから金を払われなければ書かない、媒体に場を用意されなければ書かない。

　昔は日本人にとって未知の映画を紹介する批評家が多くいたと、当時の雑誌などを読むと何度も感じた。だが今や「未知」ってものを扱える批評家がいない。今じゃ世界の映画祭に簡単に行けるようになり、インターネットを通じて日本では知られざる映画を観ることができるようになった。だけどその拡大ぶりがあまりに急速かつ果てしなかった故に、これを取り扱える批評家がいない。そしてこれを扱おうっていう志を持つ媒体もない。やつらは過去の映画史にしがみつくか、日本で公開される映画へ近視眼的に注目するばかりなんだ。今まさに築かれようとしている歴史を見ようとしない。俺にはそれがつまらなかった。

　そんななかで俺が魅了されたのは、誰に請われるでもなくただただ自分が書きたいからという理由で、ネットに映画についての文章を書き散らす在野の映画好きたちだった。

ここには制限なんかない。だから日本では未公開な映画についても書いている人々がめちゃくちゃいた。旧作・新作の区切りなど関係なければ、国の境すらも存在しないんだよ。

俺はそういうものを読みまくって、実際に何十本も作品を観まくるうちに、彼らのようになりたいと思うようになった。少なくとも日本の映画批評家のなかには、拡大していく世界に散りばめられた個々の作品、それらを線として繋げる知性はもはやない。この知性はインターネットに散らばる、好奇心に突き動かされた映画好きのなかにこそある。そんな存在に俺自身もなる必要があると。

俺は彼らを「映画痴れ者」と呼びたい。これはある友人が、俺が異様なまでに映画を観て批評を書いてる様を見てつけてくれたニックネームだ。だが俺はこの「映画痴れ者」という誉れは彼らにこそふさわしいと思っている。もちろん俺自身こう呼ばれるのは嬉しいが、彼らに比べるならまだその道の途中って思えてしまう。ということで、まあ色々あって俺は「日本未公開映画」を片っ端から観てその批評を書くということを、自然と始めていたわけだ。

中学高校時代、こういうことがなかっただろうか。例えば小説だったら、周りはライトノベルを読んでいるのに、夏目漱石や谷崎潤一郎なんかを読んでいる自分、カッケェとか思う。映画だったら、周りはハリウッドや日本の娯楽映画なのに、ゴダールとか観る自分、ヤベエとか思う。つまりはこういう「周りと違う自分カッケェ」っていう思春期ならではのナルシシズムに覚えはないかってことだ。

こういう自意識過剰さは、つとに馬鹿にされるよな。漱石ごときでマイナー趣味気取るなんて井の中の蛙甚だしいとか、ゴダールごときで頭が良くなったような錯覚を抱くのは中二病あるあるだ、みたいなね。そうやって出る杭はガツガツ打たれて、思春期の少年少女は傷つきながら大人になっていくんだ。

だが俺はこういう「周りと違う自分カッケェ」っていう自意識にもっと優しくなってもいいんじゃないかと思う。この自意識を、思春期の気の迷いから人生における美学へと育んでいくやつがいてもいいんじゃないかと思う。俺はそうやって独我論みたいなものを突き詰めてこそ辿りつける、未知の領域があるんじゃないかと思ってる。

だから俺はこの「周りと違う自分カッケェ」というナルシシズムに、人生そのものを賭けた。そしてそれはルーマニアとルーマニア語に人生を賭けるということでもあったんだ。

運命のルーマニア映画

この時代は本当に大量の映画を観たが、一応その全ての記録を取っている。俺の部屋のめっちゃ汚い机のうえに、めっちゃ埃かぶった映画ノートの山が置いてあるんだけど、とりあえず二〇一一年から今までのが四十四冊で、そのうち二〇一五年からは三十冊あった。一ページ一本分、それが四十冊以上だから、ここ十年で何本の映画を観たかっていうのは……。ご想像にお任せするよ。

それを参考に名前を羅列するだけで、おそらく本一冊分の量にはなると思う。全部の映画に関してコメントするのなんかは不可能だし、ただでさえ映画について語らせると長いから、そこんところは俺のワンマン映画ブログである〈鉄腸野郎Z-SQUAD!!!!!〉をググって読んでほしいね。

だけどぜひとも一作だけ、俺の人生を変えてしまったって作品について語らせてほしいんだ。それこそがコルネリュ・ポルンボユ（Corneliu Porumboiu）監督作によるルーマニア映画《Polițist, Adjectiv》、俺の脳髄をルーマニア語辞書でブッ叩いて、そのままルーマニア文壇へと半ば強引に引きずっていった大恩人だよ。

まずあらすじを紹介しよう。主人公はクリスティという警察官。彼はある高校生がマリファナの密売を行っているとの情報をもとに捜査を行っている。しかし高校生はマリファナを吸うだけで、密売人として活動しているようではない。これを上司に報告したうえでクリスティは、彼を逮捕して何年も刑務所に収監するというのは正しいのかと訴える。更にEUへの加入でルーマニアの法が改正されるのは明白で、そこに照らせば少年は全くの無罪だ。それなのに旧来の法律で彼を裁くのは許されるのか？

しかしこの訴えを上司は一顧だにせず、少年の逮捕を命じ、クリスティは苦悩することになる。

今作は俺にとって相当に重要な映画だ。例えば映画批評家としてはルーマニア映画にド嵌まりして、ルーマニアの批評家や映画作家と関係を深めるきっかけになったし、それが巡りめぐって小説家として活動するうえでの繋がりも作ってくれたからね。

だがルーマニア語を学ぶという点においてが最も重要で、それはこの映画が言語というか、ルーマニア語そのものがテーマとなる作品だからだ。というのは劇中で幾度となくルーマニア語が話題になるんだよ。例えばYouTubeから流れる往年の名曲をきっかけに、ルーマニア語の修辞法が議論されたり、主人公が恋人と言い争いになるかと思えば、その原因は定冠詞の書き間違いだったりね。

つまり言語学的な洞察、それも普遍的というよりルーマニア語の独特さをめぐる洞察がめっちゃ多いんだ。映画にもそうだが、ルーマニア語そのものに引き込まれるんだよ。

それでこれが、本筋の刑事もの的物語にどう関わってくるのか。少年の逮捕を渋る主人公を警察署長が自室に呼びつけ、警察官としての職業倫理を説いてくる。クリスティは良心を理由に逮捕を拒否するけども、署長はその conştiinţă（コンスティンツァ：良心）の意味を問い、あるものを持ちだしてくる。

それがルーマニア語のクソぶっとい辞書なんだよ。署長は彼に、辞書に書かれている良心の定義を読めと命じる。そしてルーマニア語の文字列を最後まで読ませた後、また更に「良心の呵責」と「法」という項を読めと迫ってくる。彼が読み終わった後、署長は最後の問いを突きつけるんだ、もちろんルーマニア語でね。

全てが様々な意味や解釈に開かれているとすれば、そこにはカオスが広がることになる。これを防ぐため秩序をもたらすのが、法というものだ。そして警察官は法の執行者である。そんな存在が辞書の定義から外れた、極個人的な「良心」に従って仕事を放棄するとするなら……。

久しぶりに《Poliţist, Adjectiv》を観返したが、ルーマニアという社会における、ルーマニア語の役割を根底から問い直すってこの鬼気迫る場面にはやっぱ心を震わされる。

ルーマニア語どころか、ここまで言語への思索を深めた映画は後にも先にもお目にかかったことがない。

こうやってルーマニア語辞書に脳髄を直接ブン殴られるような経験をしたわけだけど、俺はこの場面を目撃した時、初めてルーマニア語を聞き、初めてルーマニア語を知り、初めてルーマニア語を発見したって実感があった。だからこれを観てルーマニア語で小説や詩を書き始めたのは全く必然としか言いようがないと、今はそうとすら思える。

俺は心の底から、ルーマニア映画をもっともっと知りたいと思った。そしてそれにはルーマニア語を学ぶことが必要不可欠だった。振り返るなら、この知的好奇心は都市の闇を振り払ったガス灯のようなものだった。

ルーマニア語学習へ

ところで俺は思うんだけどさ、会話ができるっていうのは何よりも優先すべきことなのかね？

日本において英語を学ぶうえでは、殊に会話ができるようになることが重視されていると思える。学校でも英会話なんて駅前留学的な授業が多くなり、教師が「道行く外国の人に英語で話しかけてみましょう！」なんてけしかけることもあるらしい。

とにかく「速さ」が重要視されている気がする。会話って相手が話して、自分が答えて、それにまた相手が答えて……って言葉のキャッチボールを耳にも留まらぬ速さで行うだろ。英会話ではこの力を育もうとしてるわけだな。

俺の場合、外国語ではもちろん日本語ですらこの会話が苦手で、耳での情報処理が遅いのか、会話に全然ついていけない。二人ならまだしも三人以上だともうお手上げ。

そんな俺の性に合ったのは、チャットみたいな、ネットにおける手で打つメッセージの方だった。なんといっても、受信しても速攻で返す必要がない。特に外国語だと、どんな簡単なことでも辞書を引きながら返信を書くことができるのがいい。その過程で急がずに外国語について考えるってのは、外国語で考えるってことにも繋がる。

そして外国語は別にコミュニケーションのためだけに使うものでもない。

例えばさ、これを書いているのは五月なんだが、なかなか夜風が心地よいから窓を開けてる。夜中の一時くらいに脳科学の本を読み終わって、寝ようかなとも思うんだよ。でも夜風を微かに感じていると、何だか世界に詩情ってものを感じ始める。それでノートを開いてさ、そこにルーマニア語で何か書きつけてみる。それは詩かもしれない、ただの単語の羅列かもしれない。

　でも何だっていいんだ。俺にとって重要なのは、俺を取り囲む、このどこまで行っても日本って感じの全てについて、ルーマニア語で考えるってことなんだ。日本語でできた俺の世界を、ルーマニア語でゆっくりと捉えなおすってことなんだ。

　まあ、そりゃ役には立たないし、誰のためになるってことでもない。これはただただ俺自身のためにやってるんだ。そしてそれが最高に楽しい。

　こういうスタンスでルーマニア語を学ぶ、というか語学を学ぶにあたって、俺の心に去来する人々がいる。

　引きこもり時代でも一応バイトはしてたって言ったけど、そのバイトは「ぴあ映画生活」という映画サイトでのバイトだった。毎週土曜日に東京の映画館を回って、入り口で観客に映画の評価を百点満点で聞いたり、感想を聞くって仕事だよ。

　俺はこれを五年くらいやっていた。何とか金を稼げるって以上に、俺にとってはネット以外で唯一社会と繋がる場所で、本当に救われていた。コロナのせいでバイトどころか「ぴあ映画生活」ってサイトそのものが閉鎖されたけど、ここがなければ今の俺はまず間違いなく存在しない。

　バイト中に、シネマート新宿って映画館にも行くことがあった。ここは日本における韓国映画の聖地で、アンケートするために待機していると、韓国映画好きな中年女性たちがエレベーターからわんさか出てくる。一人で歩いている人もいれば、友達とワイワイ話してる人もいる。でも皆に共通しているのは、マジで歩く速度が早い。足並みから有りあまる元気と興奮がうかがえて、そういうのがこっちにまで伝染してくるほどだった。

　その人たちから映画の点数を聞くと、無視しないでちゃんと答えてくれるし、感想も自ら話してくれる。ありがたかったよ。

　驚くのは彼女たちが「もう韓国で観てきたんだけど……」って言うことだ。しかも何度も何度もそういう人に会った。時々そこに「韓国語分からないから、その時はそんな理解できなかったけど……」みたいな謙遜の言葉が続く。

　でも俺はそれをあんまり信じてなかった。というのは彼女たちによって言語化されていく感想を聞くと、それは「映画を何回も観た」以上のもの、韓国映画と俳優たち、ひいては韓国文化への知識や愛に裏打ちされた言葉だと、何だか自然と分かるんだよ。

　だから俺は、彼女たちは実際かなり韓国語が分かったうえで、韓国で映画を観たあとに公開後は日本で観てるんだと思った。そしてこのアンケートの後にもまた観るのだろうと。

俺が深く尊敬するのは彼女たちのこの熱意、知識欲、そして好奇心だ。

実際はどうか分からないが、ここにおいて彼女たちの韓国映画や俳優たちへの愛は、韓国語って言語にまで突き抜けてるって、そう思えた。別に何に役立つとかではなしに、人生楽しむためにこれをやってるんだって俺にはそう思えたんだ。

さっきもちょっと使ったけど「独我論」って言葉あるだろ。哲学とかでよくあるやつ。まあ色んな意味があるんだけど、何故だか俺のなかではこの言葉が、このかっこいいおばさん方の、熱意と知識欲、好奇心に従って我が道を行き、人生を楽しんでるっていう姿に繋がってる。

ルーマニア語を学んでる時、心には彼女たちがいる。「他ならぬ自分のためにこそ人生を生きろ！」ってことを俺に教えてくれたからだ。

2 ルーマニア語学習は荊の道

語学オタクへの道は、ジョジョへの熱狂から

そもそもの話として、俺は語学好きというか、筋金入りの語学オタクってやつなんだ。語学は素晴らしき趣味だよな。世間では語学っていうのは外国の人とコミュニケーションをとったり、日本語では学べないことを学んだりという目的のための手段として扱われている。

でも俺にとっては語学こそが目的なんだ。何か別のものに繋がるならそれはそれで面

白いけど、俺としては特にそういうのは求めてない。

新しい言語を学ぶことそれ自体が楽しいんだ！

振り返るなら、その萌芽は高校時代に生まれていたって思える。英語は全然ダメだった。体育、数学、理科、そして英語。これが俺にとってのクソ苦手教科の四天王だった。テストは40点が当たり前で、マジで英語は分からなかった。何がどう分からないかすらも分からないって最低のお手上げ状態だったんだ。

そういえば将来の夢について書きましょうなんて授業があった。何を書いたかは完全に忘れたんだけど、その文章のなかでI wantをI wannaって書いたんだよ。「〜してぇわあ」っていう意味になると思うんだけど、まあこの頃はこういう入門編的なスラングを使って背伸びしたくなる年ごろだったんだよ。教師にこれを提出して、次の授業で返ってくるわけだが、戻ってきた紙ではI wannaは無慈悲にもI wantに直されてたよ、切れ痔に輝く鮮血みたいな色の赤ペンで。

すげえガッカリしたのをはっきりと思い出せるよ。そりゃ授業では直されるよなって思うのと同時に、これくらいのスラングなら少し許容してくれてもいいんじゃねえのってさ、思うんだよ。

要は、「学ばされる」って状況が本当に厭だった。そしてこのI wannaの訂正は、せっかく自分から「学んでいく」をしようとしていた俺を「学ばされる」の領域に引き戻すようなものだった。こういう感じだから、学校では一切英語が身につかなかったんだよ。こういう人、案外多いんじゃないかな。

だけど語学っていうのは学校ばかりで学ぶものじゃあない。その外にこそ、語学の楽しさが待っているってことは多い。それを教えてくれたのがジョジョだった。そう、あの『ジョジョの奇妙な冒険』（集英社）なんだよ。漫画ではこれが一番好きなくらいで、学校で漫画本借りてその時までに全巻揃ってた第6部の「ストーンオーシャン」まで全部読んだよ。人間讃歌の物語なんて引きこもり気質の人間からは最も遠いものに思えるかもしれないけど、わりと今でも生きるうえでの希望になってくれてるって実感がある。一時期は荒木飛呂彦みたいな絵が描きたくなって、家で模写したのも覚えてる。そういえば「朝日新聞」っていうネットのネタ絵サイトが当時は全盛期で、そこでドラえもんやサザエさんのキャラをジョジョ風か、ムキムキに描くのが流行りだった。こういう時代の空気も相まって下手な画力でネタ絵を描いてたよ。懐かしいな。

で、ジョジョのなかでも第5部の「黄金の風」ってさ、イタリアが舞台だろ。吐き気を催すような邪悪を打ち砕くために、主人公たちがイタリアを横断していきながら死闘を繰り広げるわけだ。これを読むのは正に脳漿が頭蓋骨ブチ突き抜けるほど興奮する体験だったよ。

これにどんどん嵌まっていくなかで、登場人物たちの名前が全部イタリア語らしいっていうのを聞いたんだよ。例えば主人公のジョルノは「日」とか、主人公の仲間であるナランチャとミスタはそれぞれ「オレンジ」と「混ぜる」みたいな。なかでも印象に残ったのは、敵の一人にギアッチョって珍妙な名前のやつがいたけど、これが「氷」って意味だとかなんとか。この冗談みたいな響きに、一体イタリア語ってどういう言語なんだ？って興味を持った。

それで、今振り返っても驚きだけど、俺はおこづかいでイタリア語のテキストを買ってたんだ。京藤好男の『文法から学べるイタリア語』（ナツメ社）だ。今も本棚にあるけど、奥付に「二〇〇八年七月十日発行」って書いてあった。しかも間に、高校生の俺がケーキを作ってる写真が栞みたいに挟まれてた。なんか色々な意味でジーンときちゃったね。

このテキストを読みながら高校生の俺は、スゲー奇妙な世界を目撃しているような気分になったよ。

例えば、名詞は何故だか男女形に分かれていた。いやいや、言葉に性別があるってどういうことだ？　日本語でも「看護婦」と「看護師」とかそういうの一応あるけど、イタリア語なんかギアッチョのghiaccio（氷）は男性で、ナランチャのarancia（オレンジ）は女性って、一体何を基準に性別なんか決めてるんだ？

しかも主語によって動詞が変化するらしいんだよ。例えば「俺が行く」ならvadoで、「ジョルノ・ジョバーナが行く」ならvaで、「俺とジョルノが行く」ならandiamoって、何がどうなってる？

そしてそれが現在形や過去形でまた枝分かれするんだからヤバいよ。英語の時点で三単現の「s（エス）」とかいうやつに惑わされてるのに、イタリア語では全部変わってしまうとか正気の沙汰じゃない。これはとんでもない世界に足を踏み入れちゃったなとは思ったよ。だけど、こういうのを知っていくのは楽しいことだった。英語に触れている時とは比べ物にならない爽快さがあった。つまりは「学ばされる」ではなくて、能動的に「学んでいく」って行為が楽しいんだ。たぶん、これが俺の性質というやつだ。古典の授業で古文を読むのは苦痛だったのに、今は本執筆の合間、研究書片手に『万葉集』を読むのが楽しくてしょうがない。ああ素晴らしき語学オタクの道、この道を行けば一生飽きなんて来ないんじゃないかって気がするよ。

それで大学に入学するわけだけど、前にも書いた通り、この時期は完全に破れかぶれな感じで、何かを学ぶにしてもなるべく労力の少ないものにしたかったんだ。そこで第二外国語を選ぶにあたって、スペイン語がイタリア語に近いというのを知ったんだ。ジョジョのおかげで多少はイタリア語の知識があったもんだから、勉強もしやすいかもと下心丸出しでスペイン語を選んだ。

そしてその下心は間違っていなかったと思い始める。さっきも書いた名詞の男女形だとか動詞の変化に関して、かなり見覚えがあるんだよな。名詞に関して例を挙げると、スペイン語の氷はhieloで男性形、オレンジはnaranjaで女性形でイタリア語と性別が同じだ。それって語尾が「o」なら男性で「a」なら女性っていう基本の規則が似てるからなんだよ。こういう感じで、理解も割とスムーズになったんだ。

とはいえここでもネックになったのが学習姿勢だな。つまり「学んでいく」じゃなくて「学ばされる」って状況だよ。「学ばされる」って気分だと、本当にどんなものだってつまらない。好奇心を欠片も抱けないと、勉強にも全然身が入らないんだ。なまじイタリア語の知識があるから、その知識を使って最低限勉強すればテストとかも何やかんやで突破が可能だった。だからスペイン語との距離は遠いままだった。疎遠で、全く興味を持てない親戚みたいな。

一方で、英語に関しては興味深い転換があった。大学の授業を受けた後は、友人も特にいないから視聴覚室に行って映画ばっか観ていた。それでDVDで作品を観ている時に、日本語字幕だけでなく英語字幕もつけられると知った。それで何となく気分が乗ったら英語字幕をつけて映画を観てたんだけども、不思議なことに、ここにおいて俺は英語を「学ばされる」じゃなくて、自然と「学んでいく」ことをしていたんだ。

　これは受験勉強をしていた時からすると考えられないことだった。当時は、対面じゃなくて動画で勉強するタイプの塾に通ってたんだ。その時に午後中延々と英語を勉強させられていた。机とパソコンだけがずらっと並べられた狭苦しい部屋で、強制的に液晶と向き合わされながら、映像に浮かぶよく知らん教師によって英語文法を一方的に叩きこまれる。それはまるで軍隊で兵器の使用法を鍛錬されるかのごとく、半年ほどの間に、中学高校六年間で学ぶ英文法の全てを脳髄にブチ流されたんだ。

　正に洗脳だったよ、これは。これで一応英語を理解することは可能になったんだけど、英語に関しては戦場からの帰還兵が持つようなＰＴＳＤに罹ったような状態になった。こうして英語はトラウマになっていたんだが、因果なことにここでアメリカの映画とかを原語で楽しむために役立つようになってたんだよ。毎日一〜二本は映画を観てたんだけども、その最中に何度も英語字幕で映画を楽しんでいたわけで、ある種、無意識的にトラウマを治療していたのかもしれない。恐ろしい武器を自然と平和利用できるようになっていた。

そしてこれがひいては、卒業後の引きこもり生活において日本未公開映画、つまりは英語字幕しかついていないような、世界の映画を観る役にも立つんだから、人生何がどうなるか分からないもんだよな。

とはいえ、この時期は常に精神が崖っぷち状態だったわけだ。映画による治療をやっていても、英語は他でもないトラウマの源だし、これにばっかどっぷり浸かっていると、言語面からもどんどん狂気に追い詰められていく感覚があった。少しずつ底無し沼に嵌まっていくようなものだ。でも突然、空からもたらされたもの、これがルーマニア語だったんだよ。

ここまで読んで俺と同じ言語オタクの人は、俺がルーマニア語に嵌まるのは必然だったんではとか思うかもしれないな。というのもルーマニア語もまた、スペイン語やイタリア語と同じくロマンス諸語に属する言語で、二つとかなり似た部分があるからだ。特にイタリア語とは、互いに自分の言語を話すだけでも、日常会話くらいなら意思疎通が可能なくらいに似てるんだよ。だからロマンス諸語の流れでルーマニア語に行き着くのは必然だったと。

で、俺もある程度は必然かもしれないと思うんだけども、じゃあルーマニア語は学びやすかったかと言えば、そうじゃない。ルーマニアは周囲をスラブ語圏であるブルガリアやセルビアに囲まれている。しかもハンガリー語やアルバニア語など、周囲に似た言葉がほとんど存在しない孤高の言語群にも影響を受け、他のロマンス諸語と比べて細部がめっちゃ変わっている。

例えば名詞に格変化がある。「～の」って言いたい時に前置詞を使うんじゃなくて、名詞の語尾を変化させるんだよ。これはラテン語からロマンス諸語が発展していくにあたって放棄された特徴だが、ルーマニア語は格変化があるスラブ語、例えばセルビア語やウクライナ語に囲まれていた影響で唯一この特徴を保持したままになってる。

それから発音が口をすぼめるような感じになっていて、これもスラブ語の特徴を反映したものだね。つまりルーマニア語って一応ロマンス諸語でありながら、ロマンス諸語とスラブ語の狭間にいる唯一無二の言語ってわけだ。

だから確かにある程度は勉強が容易とも言える一方で、むしろその細部の違いで頭がこんがらがるっていうことがよくあった。

そして他の言語と違い、ここまでルーマニア語がしっくり来た、もしくはしっくり来るほど深く勉強ができたというのは色々な要素が重なってこそだ。まず高校生の時とは違って語学の学び方がある程度分かっていたし、英語をマスターしていたおかげで日本語以外からも情報を得ることができる状態にあった。そして先述した《Poliţist,

Adjectiv》での、ルーマニア語辞書で殴られるって衝撃のおかげで、学びに対して今までになく前のめりだった。

　だが何より重要だったのはルーマニア語に関して、マジで誰も知らないってことだった。日本では本屋にテキストがほとんどないどころか、大学ですら専門的に学べる場所がない。そもそもルーマニア語の存在を知る人が少ない。同じロマンス諸語、例えばさっきあげた二つやフランス語と比べれば、知名度は雲泥の差だな。そしてこれは世界的に見てもそうなんだよ。誰もルーマニア語に関心を抱いてない。

　ここで俺が考えることは一つだよ。こんなマイナー言語学ぼうとする俺カッケェ……だな。

　そうして俺はルーマニア語という大海原に漕ぎだしていくんだった。このルーマニア語から俺の語学学習が極まっていくんだけど、今じゃもう完全なる語学オタクだね。家にはめっちゃ語学の参考書があって、もはや語学書というより面白い読み物として何度も目を通すくらいだ。ノルウェー映画とインドネシア映画に嵌まった時に買ったノルウェー語とインドネシア語のテキスト、フランス人の子とデートしていた時に買ったフランス語（引きこもりがデートしちゃ悪いか？）、自分の小説がラトビア語に翻訳された時に買ったラトビア語のテキストなどなど。

俺は自分が楽しむために、とことん軽薄にやらせてもらってる。語学っていうのは、新しい言語を学ぶっていうのは、楽しんだもん勝ちだからね。

悲しきかな、ルーマニア語の立ち位置

ともあれ俺は運命の言語、ルーマニア語に出会ったわけだが、悲しい事実に気が付く。ルーマニア語の立ち位置って、かなり微妙なところがあるんだ。憤懣やる方ねえが、特にヨーロッパじゃだいぶ軽視されてるっぽい。もはや雑魚扱い。

まずなんだけど、ルーマニアにおいて四十代以下の若い世代はみな外国語が流暢、特に英語は本当にペラペラで、日常生活、少なくとも俺と会話するのに支障はないほどに喋れるんだ。だから語学という面では、ルーマニア人は日本人よりも才覚があると言っていいだろう。

ルーマニア語がロマンス諸語系だから、英語とかフランス語を学びやすいってのもあるだろうが、でももう一つ、彼らがそこまで語学が堪能なことの理由がある。生きることにおいてルーマニア語はつぶしがきかないから、世界、特にヨーロッパ圏で使用され

る他の言語を覚えざるを得ないってことだ。

　ルーマニアは、悲しいがヨーロッパにおける最貧国の一つであり、よりよい生活を求めて国外移住をする人々が多い。その多くがフランスやイタリア、それにイギリスみたいなヨーロッパ圏に住んでいる。イギリスなんかはとっくにＥＵを離脱しちゃったが、この移住先の国々は過去形にしろ、現在進行形にしろ、ＥＵに属してた国々だっていうのが重要なポイントだ。ルーマニアがＥＵに加入した二〇〇七年から、この国外移住が、以前に増して加速していったわけだよ。

　ルーマニア含め東欧移民たちのなかには、労働条件の過酷な仕事、例えば食肉加工や売春などに従事する人々も多い。こういう職業への差別意識が彼ら自身への差別に繋がり、さらに「自分たちの仕事が奪われる！」と現地の労働者層に敵視されるわけだ。西欧じゃこういう感じで東欧移民なんて酷い扱いだし、北欧の福祉国家は彼らの犠牲のもとに成り立ってんのさ。誰も語りたがらないけどね。

　そんな状況で移民先の言語を覚えて、ルーマニア語をある程度捨てざるを得ないってのがある。そうやって母語を捨てるってことに対する思いっていうのは、想像に余りあるものだろうって、俺は日本から思いを馳せるよ。

　このルーマニア語の弱い立場って話に関して、ある出来事が去年起こったんだ。前にさ、サッカーの欧州チャンピオンズリーグで、一人の審判がカメルーン人アシスタントコーチに人種差別発言をしたって事件があったのを覚えているかな。いわゆる n-word に相当するような、黒人を差別する発言をしたって騒然となって、日本でも結構ニュースになっていた気がするよ。

あの審判って、実はセバスチャン・コルテスク（Sebastian Colțescu）っていうルーマニア人だったんだ。彼はアフリカ系の人物を指す際に negru っていう言葉を使ったんだが、これは「黒」っていう意味のルーマニア語なんだ。かつ基本的な語彙だから、俺もよく使うんだよ。英語でアフリカ系を black people って言うように、ルーマニア語では oameni negri って言うわけだな。

この negru と n-word は確かに似ているよ、というか語源が同じだからそりゃ当然のことなんだよ。それだからこの言葉を国際舞台で言ったんならばそう聞こえるだろうし、思慮に欠ける発言だと糾弾されるってのは避けられなかったとも思える。確かに、迂闊だったとは思うよ。

だが、少しでもこの審判がルーマニア人で、彼の発した negru って言葉がルーマニア語だって考えたやつはいるんだろうか？　判定に正確を期そうと、自分の母語で喋っていたら、差別発言だって糾弾される人間の気持ちになったことはあるか？　自分の言葉を話しただけで差別だって糾弾されるってどういうことか考えたやつはいるか？

　後日人種差別発言ではないと認められたが、俺は悲しい気分になった。その後にも更に悲しいことがあったんだよ。この差別問題でさ、この審判の発言が差別と見做されたことへの抗議と、それから審判への連帯を示すために、Facebookでルーマニアの人々が#JeSuisColțescuという言葉が使っていたんだよ。

　フランスで、イスラム教を諷刺した新聞社をイスラム過激派が襲撃したってシャルリー・エブド事件覚えてるかな。この事件の後、いわゆる表現の自由を支持する人たちが#JesuisCharlieというスローガンを掲げたんだけど、#JeSuisColțescuはこれを踏まえての抗議のスローガンなわけだ。

　でも……、これってフランス語だろ？　つまり西側諸国の価値観が世界の総意として扱われることに抗議するため、西側諸国の覇権言語の一つであるフランス語を使わなくてはならなかったんだよ。

　ここにおいて#EuSuntColțescuって言葉は使えなかったんだ。だってルーマニア語なんて誰にも分からないからね。

　世界においてルーマニア語って本当にちっぽけなものだ、誰にも聞かれやしない。そしてそれは、おそらく他の東欧の言語も多かれ少なかれ同じなんだ。俺自身、この審判は国際的舞台において無思慮だったと思うよ。だが自国の言語に敬意が一切払われず、そうして無視されることの悔しさ、悲しさがあるということも、心の片隅に入れておいて欲しいとは思うんだ。

とか思ってたら、日本でも同じようなことが起こった。ある時、映画祭でルーマニア映画が特集上映されることになってさ、それ自体は本当喜ぶべきことだったんだけど、その特集上映の名前が「ルーマニアのブラックウェーブ」だった。

マジで呆れちゃったよ。何重もの意味で。

第一に、ブラック企業とかブラックユーモアとかそういう言葉は、アフリカ系の人に対して失礼だから止めようってのが日本においても叫ばれてるわけ。だって黒が改善されるべき悪だとか、後ろめたい感情というものに繋げられて、マイナスイメージがつくからね。そして巡りめぐってこういう黒への負のイメージが黒人への偏見にまで繋がるというのが想像できる。

俺が思うのは、言葉っていうのは人間の意識を規定する最たるものであるということだ。人間は言葉がなければ思考できないんだ。だから普段使う「黒」という言葉が先に書いた負のイメージに関連付けられるものばかりになれば、「黒」そのものを悪いものと見なす思考のクセがついてしまう。そして黒人への差別意識にも繋がってしまうかも、ということだ。

だから言い換えが必要だと思うし、こういうところを変えていかないと、人間というやつはいつまでたっても変われないよ。言葉狩りと言われても上等だね。

で、タイトルにこの言葉が使われてるってことは、ルーマニア映画にブラックユーモアがあるからってことなんだよな。俺も確かに、そういう笑っていいのか判断に困るような暗いユーモアがあるとは思うんだが、これをブラックユーモアって言葉で表現するのはもはや怠惰だ。他に言葉を見つけてほしいものだな。

それから第二に、「ルーマニアのブラックウェーブ」っていうタイトルは、元々「ユーゴスラビア・ブラックウェーブ」っていうユーゴスラビアの前衛的な映画群を指す表現があって、読めば分かる通りこれを安易にもじったタイトルでもあるんだよな。

映画の最先端を日本で紹介するって自負があるなら、面倒臭がって他の名前をパクるんじゃなくて、もう少し考えてほしかった。しかもユーゴスラビアとルーマニア、たぶん同じ東欧だからって魂胆もあるんだよ。この二番煎じぶり、正直印象はよくない。

ルーマニア映画に真摯になるんなら「ルーマニアの新しい波」という意のNoul val românesc（ノウル・ヴァル・ロムネスク）ってルーマニア語を使ってほしかったね。それか、せめて観客に親しんでほしいってことで英語を使うなら、ルーマニアの批評家も普通に使っているRomanian New Wave（ルーマニアン・ニューウェーブ）を使ってほしかったんだ。

だが最大の問題はだよ、先述したあのサッカーでの事件のせいで、「黒」って言葉がルーマニアにおいてセンシティヴな問題を持つことになってしまったって状況があるだろう。そしてこれを全く関知せずに、適当な感じでブラックウェーブだか何だかって言葉を使った、その無知ぶりだよ。ルーマニア映画が日本に紹介されるのはそりゃ嬉しいが、ルーマニア語への関心や敬意が足りていなかったんじゃないか。自国の母語を使う機会を日々奪われている東欧諸国に対する、その言葉への無関心さというのは、あまりに重くて悲しい。

そういう言語を、俺は日本に引きこもりながら勉強している。何とも言いがたい孤独感があるよ。

引きこもりながらルーマニア留学

さて、じゃあ俺がどのようにルーマニア語を勉強してきたか気になる人もいるだろう。ハッキリ言わせてもらおう、ルーマニア語を日本で、日本語で学ぶのはマジで困難だ。

ルーマニア語の文法が難しいってのはもちろんそうだけど、それ以上に学習環境を整えるっていうのが荊の道なんだよ、これが。両手も心も血まみれになる覚悟で行ってほしいよな。

そう、それはどこまでも孤独な道のりだった。

まず日本語テキストなんだが、日本にはルーマニア語のテキストが片手で数えられるほどしか存在しない。同じロマンス諸語に属するフランス語、スペイン語、イタリア語のテキストは棚から溢れるほど存在するのを目の当たりにすると、その圧倒的な物量の差に目眩、のち卒倒だ。

だが逆に言えば選ぶのは楽だということでもある、あくまで選ぶのはね。とりあえず『ゼロから話せるルーマニア語』（三修社）、『ニューエクスプレスプラス ルーマニア語』（白水社）の二冊で順に勉強していった。この二冊を一通り読みこなした後は、読み書きぐらいならできるようになった。ルーマニア語をこれから勉強したいという人にはおすすめだよ。更に日本語でルーマニア語を学びたいという人には、『ルーマニア語の入門』（白水社）も良い本だ。というかルーマニア語文法をキチンと学べるテキストが、この三冊くらい。簡単に手に入れられるのは前者二冊のみ……。

荊の道って意味、分かってくれたかな。そりゃ同じヨーロッパの言語でもルクセンブルク語とかマケドニア語とかに比べりゃ充実と言ってもいいが、マジで悲しくなるくらいドングリの背比べって感じだ。泣けるね、どうも。

しかし言語をマスターするには勉強以外にも、日常のなかでその言語に触れる機会を作っていくことが大切だ。それを提供してくれたのが他でもないNetflixである。

西欧やアジア圏に比べると作品数は格段も格段に落ちるが、実はルーマニア映画も配信されていたりする。例えばルーマニア本国で人気を博した、死ぬほど下らない十代向けコメディ『#セルフィー〜アツい夏の卒業旅行〜』とその続編『#セルフィー2〜3日間で結婚する方法〜』（ルーマニアの映画データベース〈Cinemagia〉ではUn rahat pe băț〈棒に刺さったウンコ、要は超つまんないクソ映画〉と酷評されている）や、何とも甘いロマンス作品の『ラブ・イズ・ア・ストーリー』に、今年のアカデミー賞で監督賞も獲得した『パワー・オブ・ザ・ドッグ』の主題にもなった今映画界でアツい「有害な男性性」をテーマとした『雪の峰』などがある……というかこの四本だけしかないんだな、これが。というわけで一週間あれば観終わるほどの本数しかないが、まあないよりはマシだ。

だが重要なのは、ルーマニア映画じゃあない。実はNetflixのオリジナル作品にルーマニア語字幕をつけるやり方があるのだ。言語設定の欄にはRomânaという表示があり、これにチェックすると、作品の題名やあらすじ説明など全てがルーマニア語になるのだ。

そしてNetflixはルーマニアでも広く浸透しているので、少なくともオリジナル作品にはルーマニア語字幕がある。『ペーパー・ハウス』も『イカゲーム』も『KONMARI～人生がときめく片付けの魔法～』もルーマニア語字幕で楽しめるわけだ（ちなみにルーマニア語題はそれぞれ《Fabrica de bani》《Jocul calamarului》《Curățenie cu Marie Kondo》）。

さらに日本語作品はもちろん、いくつかの作品には日本語吹き替えもついているが、そこにルーマニア語字幕もつけることが可能だ。ということは、作品を観ながら日本語がいかにルーマニア語に訳されるかを学ぶことだってできるってことだ。気分はもうルーマニア留学だよな。

こういう風に日常的に外国語に親しむことのできる状況を作っておくのは、ルーマニア語に限らず語学学習においてとても重要だった。日常に言葉が根づかなきゃ、それを自由に使うなんて不可能だからね。

日本語テキストでルーマニア語を勉強しながら、Netflixでルーマニア語に気軽に親しむ。そうすると必要となってくるのは知らない単語が出てきた時のための辞書だろう。一冊、相当巨大な日本語－ルーマニア語辞典が存在するにはする。だがそれは二万五千円もして、簡単には手が出せない。俺も持っていないよ。となるとオンライン辞書に頼るべきで、dict.comの日本語－ルーマニア語辞書やDeepL翻訳などがある程度使えると言っていい。dict.com は日本語で検索すれば対応するルーマニア語が出てくるってそれだけのシンプルさがいい。訳の精度も悪くないと思う。DeepL 翻訳は日本語–英語の精度が抜群なのが有名だけど、日本語–ルーマニア語も対応していて、短い文章ならかなりいい感じに訳文を作ってくれる。マイナー言語同士での翻訳でこの精度は驚きだよ。

　だがここで一つ、マジで身も蓋もないことを言わせてもらいたい。ルーマニア語の勉強と平行してぜひとも、ぜひとも英語を勉強してほしい。

　マイナー言語の辛いところとして日本語で得られる情報が限りなく少ないというものがあるが、ルーマニア語も正にそんな状況に陥っている。その一方で英語は世界の覇権言語である故にあらゆる言語の情報が揃っており、少なくとも俺みたいに日本に引きこもってルーマニア語を勉強するなら、英語は必要不可欠なんだ。

　勉強の他にも、ルーマニアの人々とコミュニケーションを取るにはうってつけの言語で、前にも言ったが、四十代以下なら意志疎通ができるレベルの英語はほぼ全員身につけている。英語ができるとできないとで習得までの時間に残酷なまでの差が出るよ、マジで。俺もできれば英語には頼りたくないが、これはかりは仕方がない。

　そしてこう言うのは、あまりにも有用な英語辞書がオンラインにあるからというのも理由なんだよ。それが Reverso Context だ。これがいいのは単語でなく、用例辞典である点なんだ。だから例えばYou're a fucking idiot!と打てば、どうこれをルーマニア語で言えばいいかが出てくる（Eşti al naibii de idiot!）。

単語に加えて英語の定型文なら簡単に訳が出てきて、しかも候補がいくつも出る。どれを使うか吟味しながら文章を書くというのは重要だし、刺激的だ。俺自身小説を書く際には三十秒に一回くらいは検索するくらい世話になっている。

ルーマニア・メタバースを自分で作る

こうしてルーマニア語に触れる状況を整えてきたが、作品や辞書では今正にルーマニアの日常で使われているって言葉や言い回しを学ぶことは難しかった。

そこで、本当に役に立ったのがFacebookなんだ。ルーマニアの人々はかなりの数Facebookをやっているので、これを使いこなせるとルーマニアの今を知ることができる。ということで、みんなも手始めにルーマニアの人３０００人に友達リクエストを送ろう！

いや、大丈夫だ、字面から受けるほど難しいことじゃあない。段階を踏んでコツコツやっていけば簡単にできることだ。俺は手始めに、4000人くらいに友達リクエストを送った。ではどうなったかってルーマニア語小説家になったわけだ。これがマジで重要になってくるんだよ。その意味はすぐ分かるさ。

まずルーマニア用のアカウントを作った。無論、既存のアカウントを流用しても良かったんだが、上限5000人の友人を全員ルーマニア人にするという気概があった方がうまく行くのは確実だと思ったんだ。

プロフィールにルーマニアの人に向けたメッセージを書く。

例えばSunt japonez care iubește România. Vreau să fac un prieten român（私はルーマニアが好きな日本人です。ルーマニアの友人を作りたいです）という感じだ。別に間違っていても構わない、不安なら一緒に日本語や英語も付け加えておけばいい。

そして友達リクエストを送るんだけど、その前にまず日本人-ルーマニア人コミュニティに登録した。そこに漫画『HELLSING』（少年画報社）から生け花、ヤマハのシンセサイザーから妹島和世の建築まで日本文化が好きなルーマニアの人々がたくさんいるので、ここで交流を行いながら、地道に関係を築いていき、友達リクエストを受理してもらった。

ちなみに引きこもりで写真撮ってくれる友達はいないし自撮りはハズかったから、

ネットで見つけた、目からビームが出てる人物が映った映画ポスターをアイコンにした。みんなには「いや、日本人は全員ニンジャの血を受け継いでるから素性隠したがるんだよ」とか適当な嘘ついて、程よく異国趣味煽ってみたりして。

　これを続けていくと「もしかして友人かも？」って欄がルーマニアの人々で埋め尽くされることになるんだよ。ということで、ここからは出てきた人物皆に片っ端から友達リクエストを送りまくる。やりすぎるとスパム認定されて凍結される可能性があるので、一日二十～三十人ほどに抑えながら、しかしえげつない無差別さで送ってくんだよ。

　いや、それで受理されるの？と思うかもしれないが割と受理されるんだよな。日本だと知らない人間から「誰ですか？」みたいなメッセージがMessenger経由で来るが、ルーマニアの人は不思議と無言で受理するか拒否するか、それで終わる。千単位で友達リクエストを送ったが「誰？」と聞かれたのは十回もない。

　加えて、そう聞かれたら「自分はルーマニアが好きで……」ということを隠さず話せば、そこから話が進展する可能性もあるわけだよ。

　例えば、俺には「やみ」ていう名前の親友がいる。もちろん直接会ったことはないけどね。彼女はルーマニアの首都ブカレストに住むエンジニアなんだが、この無差別な友達リクエストの最中、俺に「あなた、誰？」って聞いてきた数少ない人物だ。

ここで俺は正直に「ルーマニアの文化が好きで、色々な人に友人申請を送っています！」と返事すると、彼女は逆に日本文化がすごく好きで、そっから会話が弾んだ。漫画やアニメが大好きで『呪術廻戦』（集英社）みたいな人気作品はもちろん、俺の全く知らない作品、例えば『恋とプロデューサー～EVOL×LOVE～』って中国のゲームが原作のアニメなんてのも観てて、本当に筋金入りのオタクなんだ。

それで会話してたら、いつの間にかもう毎日喋るくらいの仲になったよ。いや本当、この本を書く時ですらやみとは話してるよ。ブカレストの街並みや地下鉄駅の写真とか、ルーマニアあるあるを描いたTikTokの笑える動画とか送ってくれるんだよ。ルーマニアの子供はげん担ぎに、親にブタの背中に乗せられて写真撮られるらしいよ。ルーマニアの七五三みたいなもんらしい。何だそりゃ！

あとやみっていう名前はあの「闇」が由来、彼女も日本が好きで日本語を勉強しているんだよ。それでちょっと中二病って感じの響きの言葉を名前にしてる。ひらがな表記なのは「カタカナだと最初から外国人扱いされてるように思える」かららしい。

こうやって友人関係を築いていく一方で、定期的にルーマニア語で投稿を書き、こういう文化に興味があると自己開示しておくと、受理の可能性は必然的にあがるんだよ。振り返れば別に無視されても構わないという姿勢も重要だった。もしこの人には受理されたい！と思うなら、ルーマニア語でメッセージを送ればいい。こうすりゃこっちの本気度がある程度伝わるからね。

　これを数ヶ月続ければ友人はまず間違いなく増えるよ。「〇人共通の友達がいます」という表示が出ればしめたもので、受理の可能性は指数関数的に高まっていく。

　この頃にはもうタイムラインに出てくる投稿はルーマニア語一色で、こっから今どういったルーマニア語が実際に話されているかが分かってくるんだよ。知らない単語や表現が出てくればそれをメモして、調べていく。「これはどういう意味ですか？」と投稿すると、英語で意味を説明してくれる人も現れる時だってあった。

　さらに普段の投稿にも彼らがリプライを送ってくる時がある。それに対しては別に英語でも構わないけど、下手なりにルーマニア語で返事を送り、自身の誠意を見せる。着実に関係を築いていけたとするなら、Messenger の方で個人的に話してより深い友人関係になる。こういう理想的に関係性を築けるのはそう多くないが、それでもさっきのやみみたいに大切な親友が数人できたよ。

　こうして強制的にルーマニア語を読み喋る必要がある状況を自ら作りだすことで、俺はルーマニア語を学んでいった。実際にルーマニアに行かずともこういう環境は作れるのだ。ここはいわば俺にとってのルーマニア・メタバースだったんだ。

そしてこの無差別申請が、俺がルーマニア語小説家としてデビューするのにめっちゃ重要な役割を果たすわけだな、これが！

スラングとVICEルーマニア

もう一つ、俺がルーマニア語の勉強に利用していたサイトが〈VICE România〉だった。そう、あの世界的な悪徳マガジンVICEの支部はルーマニアにもあって、ルーマニア語で記事が読めたりするんだよ。

独自記事はもちろん面白い、こっちに関しちゃ今の方がルーマニアの現在を知るためにかなり読んでる。だけども勉強において俺が重宝していたのは、〈VICE US〉や〈VICE UK〉からの翻訳記事だったんだよ。英語の元記事とルーマニア語の翻訳記事を紙に印刷して、実際に読み比べてメモをどんどん取っていきながら、文法や語彙を学んでいったもんだよ。部屋の机には未だにその紙があって、ルーマニア語を品詞分解しまくっていた痕跡が残っているよ。

だけど一つ注意しなきゃいけないのが、翻訳記事はほとんどド下ネタ記事っていうことだ。パートナーとのセックスの際にどう喘ぎ声をあげればいいか、大人のおもちゃの使い心地詳細レビューなどなど、そういったエロネタばかり翻訳されていて、まあそこはVICEの面目躍如といったところだ。なので、ここを通じては相当な量の放送禁止級スラングを学んだりすることができたよ。酒のネタにはもってこいのやつね。

　そうやってルーマニア語のスラングを学んでいく中で、思わぬ効用もあった。〈VICE România〉で覚えた単語の一つにpizdăというのがあったんだ。これが意味するのは英語で言うc-word、日本語としては「ま」から始まる放送禁止用語、つまりは女性器のすさまじく最悪な言い方だ。

　それから、いわゆるキャットコーリングっていう、日本で言うナンパが更に悪質になった行為があるが、そうやって女性を性的に馬鹿にする時、ルーマニア人男性がブチ撒ける言葉でもある。これはスラブ語圏から輸入された卑猥語であり、意味が微妙に違ったりもするが、どこでもおおむねヤバい感じで使われている。だから先に忠告しておくけど、ルーマニアの人の前では、よっぽどの時を除いてマジで使わない方がいい。

　ある時、俺はFacebookに「ルーマニアの人しか知らない面白いルーマニア語の単語が知りたい！」とポストした。すると、色んな人がそれはまあ奇妙な単語を教えてくれたよ。例えばこんな感じだ、参考に読み方もつけておくよ。

Ciuciubat（チュチュバト：醜い）
pântecăraie（プンテカライエ：下痢）
brambureală（ブランブレアラ：無秩序状態）
gânguri（グングリ：赤ちゃんが言葉っぽい何かを発する様子）
ştromeleag（シュトロメレアグ：怒張陰茎）

俺、こういうスラングが大好きだから、メモを取りまくって覚えたりしたよ。それでいくつかは普段使いもしてるんだけど、特にpântecăraieなんかは、俺自身病気で下痢がちだからめっちゃよく使ってるよ。これを教えてくれた人々に、深く感謝したい。

そんななかで、こんなリプライを送ってきた人がいた。

「あんたはpizdăって言葉知ってるかい？　これは〈よお、兄弟！〉って意味だからぜひ使ってみなよ！」

だけどさ、俺にはこいつが嘘をついているというのが、一瞬で分かったんだよ。あっ、これ〈VICE România〉で習ったやつだ！ってね。それでこんな返信を送ったんだよ。

「おいテメェ、俺が日本人だから分かんないだろうと思って舐めやがって。そういうテメーみたいな存在がpizdăって言うんじゃあねえのか？」

　そして友達関係を解除した。無差別友達リクエストにはこういう欠点もあるということだな。もう一回言っておくけど、こういうよっぽどの時以外はマジでpizdăは使わない方がいい。済東鉄腸との約束だよ。

　そしてこの話には後日談がある。ルーマニア語で小説家として活動するようになってからしばらく経った頃、エッセイを書かないかと、何と他でもない〈VICE România〉から依頼が来た。嬉しかったね、〈VICE România〉は「これがなければ今の俺はいない」って言葉を捧げるべきものの一つだからさ。

　ということで二つ返事で依頼を受け、後にエッセイが掲載されることとなったが、編集者がつけたタイトルはこういうものだった。

Sunt japonez și am învățat să înjur în limba română după ce am citit articole din VICE România

私は日本人です。VICE Româniaの記事を読んで、ルーマニア語でどのように人を罵倒すればいいのか学びました

3 ルーマニアの人がやってきた！

はじめての会話は憧れの監督と

新しい言葉を学ぶというのは本当に大変な作業だ。私はルーマニア映画への偏愛が高じて今ルーマニア語を独学しているのだが、これが難しい。ルーマニア語に限らずおそらく欧州系の言語を学んだことがある方なら分かるだろうが、まず名詞が男性・女性・中性に分かれており、それによって複数形や使うべき

> （不）定冠詞の形が変わるというので躓く。そして動詞の語尾が主語によって全く変わるというので躓き、更には対格・与格云々かんぬんが出てくるとややこしいことこの上ない。
>
> しかしその困難さと同時に、勉強するごとに何か自分の世界が少しずつ広がっていくような感覚もあるのだ。ルーマニア語で「お会い出来て光栄です」という意味の Îmi pare bine să vă cunosc を呟くと、頭の中には未来あるルーマニアの映画作家と初めて出会う瞬間が浮かんでくる。

これは語学をめぐる映画のレビューに書いた文章だ。ルーマニア語を学び始めてまだ一年くらいの時かな。これを書いたのは大学卒業して一年後、二〇一六年の八月で、だから今読み返すと青臭く感じて少し恥ずかしいが、それでもある思い出がまざまざと甦ってきて、何だか嬉しくなるんだよ。

この文章を書いた数ヶ月後のことだ。

日本で最も大きな映画祭である東京国際映画祭が六本木で開催されることになる。そこで俺が知ったのは、そのコンペ部門に、何とルーマニアとフランスの共同制作映画が選出されたことだ。アドリアン・シタル（Adrian Sitaru）監督の『フィクサー』という一作だった。

　前に、今、躍進を遂げているルーマニア映画を総称してNoul val românescと呼ぶって話したが、これは「ルーマニアの新しい波」を意味している。つまり、あのヌーヴェルヴァーグのルーマニア版ってことなんだ。俺がルーマニア語を勉強してるのは、ある意味でゴダールやトリュフォーに憧れてフランス語を学び始めるってのと、言ってみれば結構似てるかな。

　で、アドリアン・シタル監督もそこに属する一人だが、実際にヌーヴェルヴァーグに準《なぞら》えるなら、まあ、サスペンス映画を通じて人間の倫理観を見据え続けてるって意味でクロード・シャブロルかな。いや、演出は全く違うから、くれぐれも本気に取りすぎないでほしいが。

　俺の視点では、そういう人物が日本に最新作をひっさげやってくるわけだよ。しかも当時ルーマニア映画はネットですら観るのが難しかったから、実際に彼の作品を観たことはなくて、評判だけしか聞いたことなかった。そんな状況で、彼の最新作が映画館で観られるっていうんだから、俺がどれほど興奮したかってことだ。

　でもさ、外へ出るってのが俺にはなかなかの難関だったんだ。特にこういう、自分のための楽しみの場合はね。

例えばバイトの場合だと、これは引きこもり脱出に繋がる行為だと思えたし、ある種自分を律して社会へ引き戻す訓練だったから、外に出ることに対して相応の覚悟が持てた。でも映画を観にいくとかそういう純粋な娯楽は、引きこもりなのにそんなことしていいのか？みたいな自罰思考が働くんだよ。親とか近所の人とか周囲の目が特に気になるんだ。部屋にいたり、図書館にいたりするのとは別の罪悪感に襲われて、しかもより重苦しい。引きこもりってのはこんなことにすら葛藤の連続、決断を迫られるんだ。

だけどこの時は、ルーマニア映画を観たい、シタル監督に会いたいって気持ちが勝った。ネットで延々と映画の感想書き散らすだけじゃなくて、俺だって人生、楽しめるなら楽しみたいからね。もう自暴自棄な感じで、飛び出したよ。

会場は六本木だった。俺にはほとほと縁のない高級な都市だ。

だから脇目も振らずにTOHOシネマズ六本木ヒルズに向かったよ。六本木ヒルズのふもとへと階段上ったりエレベーター乗ったり、これだけでもエベレスト登山って気分だった。

それから先、『フィクサー』を観終わるまでのことは、実はあまり覚えてない。映画自体のことは自分のブログに批評を書いたからある程度覚えているけど、映画観るにあたっては自然と脳髄が批評モードになるんで、他のこと遮断しがちなんだ。もしくはこの後に起こったことがあまりにも忘れがたいから、他の記憶を喰ってしまったか、だね。

でも映画館で、たぶん初めて観たルーマニア映画にはやっぱ感動したよ。むやみやたらに言葉を積み重ねたくないくらいに。

『フィクサー』を観た感動とともに、俺はまた入り口に舞い戻った。

東京国際映画祭では上映後に来日した監督や俳優たちと交流できる時間を設けているんだけど、その会場はいつも入り口前だったんだ。開けた空間があってさ、そこで観客たちが列を成してシタル監督と主演俳優のトゥドル・イストドル（Tudor Istodor）にサインをもらおうとしていたんだ。俺も急いでその列に加わったよ。

ルーマニア語で何を言おうかというのを、その列でずっと考えていた。前々から考えておけばよかっただろうが、俺は行き当たりばったりな人間なんだよ。「お会いできて光栄です」だろうか？　それとも「『フィクサー』めっちゃ面白かったです」か？　どれも急拵《ごしら》えの言葉だからしっくりこないし、考えも全然まとまらないまま、しかし列は進んでいく。進んでいくごとに緊張が高まって、心臓が爆裂しそうな予感がする。

そして恐ろしいほどあっという間に、その時がやってくる。俺はシタル監督と対面したんだよ。監督、作る映画はかなり厳しくて、時折えげつなかったりするけど、蓄えた口髭がチャーミングで、そのモサモサの向こう側には、菩薩みたいに柔らかな微笑みが浮かんでいた。

この時、俺が何を最初に言ったか、正直あんまり定かじゃない。たぶんBună ziua（こんにちは）か、Mă numesc Tettyo Saito. Îmi pare bine de cunoştinţă（私の名前は済東鉄腸です。お会いできて嬉しいです）あたりだったと思う。

だがその次に言おうとした言葉は覚えている。Este extraordinar că am văzut filmul dimneavoastră（あなたの映画が観れたこと、素晴らしい体験でした）だったね。

「イェステ・エクストラオルディナル・カ・アム……」

だがここで止まってしまう。

ちょっとややこしいが説明させてくれ。ルーマニア語で「観る」はa vedeaなんだが、この言葉が不規則変化動詞という曲者で、ここではその過去分詞系văzutを使う必要があったのだが、見比べてもらえば分かる通り、全く形が違うんだ。

こういうわけで、ちゃんと思い出せなくなってしまったのである。

俺はもう完全にまごついて、穴があったら入りたいほど恥ずかしさを覚えたよ。やっちまったってさ。

「……văzut?」

でも、そう言ってくれたのは他ならぬシタル監督だった。この時に味わった感動をどう形容すればいいか、俺には分からない。ただ、ただただ嬉しかったんだ。この声と言葉の記憶は、いつまでも頭のなかに響いてる。

それから彼に、ルーマニアのどこが好き？　どうやって勉強したの？と聞かれ、俺は持ってきていた『ニューエクスプレスプラス　ルーマニア語』を彼に見せた。それを眺めながら、シタル監督は我が子でも見るように目を細めていた。このことは一生忘れられない。

帰り道、六本木駅のホームで、俺は興奮のままにTwitterでこんなことを呟いた。

> 『フィクサー』のアドリアン・シタル監督とルーマニア語で話して、一緒に写真も撮れた……私が初めてルーマニア語で喋った初めてのルーマニア人がアドリアン・シタル監督になった……大感動

そうなんだよなあ。俺はルーマニア映画好きが高じて、ルーマニア語を勉強するまでになってしまったわけだけども、ルーマニア語はずっとネットに籠もってキーボードで打つか、タブレットで入力するかだけだったんだ。つまり、ルーマニア語は書くだけで、口で実際に話したことがなかったんだ。

だからこれが正に、最初の経験になったわけだよ。しかも最初に話したルーマニア人が、シタル監督になったんだ。語学学習者としても、一介の映画好きとしても本当に素晴らしい経験だったよ。

さらによくよく考えれば、俺って英会話の授業以外でネイティブと英語で喋ったことすらなかったんだよ。なのでルーマニア語でルーマニア人と話すのが、初めてのまともな外国語の会話という、すこぶる不思議なことになっていたのだ。俺の引きこもりぶり推して知るべし、だな。

家に帰り、俺はFacebookを検索してみたのだが、彼はアカウントを持っていた。なので勇気を出して、その時に持てる全力のルーマニア語で（通じるか不安だったから、英語でも書いたけどね）彼にメッセージを送った。

Hi

Eu sunt cel care a vorbit cu dumneavoastră dupa “Fixeur” a fost ecranat în Festivalul International de Film Tokyo astazi(10/31). V-ați amintit de mine, mă îmbrăcam de pălărie dama.

Din nou, Îmi pare bine foarte mult că v-am întâlnit și am **văzut** filmul

dumneavoastră, care a întrebarea ascuțița pentru moralitatea și m-a impresionat adânc.
Până când dumneavoastă vă veți întoarce la Tokyo cu nou filmul iarăși, eu voi studia limba română mai și sper că vorbesc cu dumneavoastră!

こんにちは
私は今日（十月三十一日）の東京国際映画祭で『フィクサー』が上映された後、あなたと会話した者です。ニット帽を被っていたんですが、覚えていますか。
改めましてあなたと会い、あなたの映画を「観る」ことができて本当によかったです。倫理への鋭い問いかけを提示する作品に深く感銘を受けました。
新しい映画とともにあなたが東京へ戻ってくるまで、もっとルーマニア語を勉強し、そしてあなたとルーマニア語で会話できればと思っています！

これまた今読み返すと色々な意味で拙すぎるメッセージだが、これを送ってすぐシタル監督から丁寧な返信が届き、俺の友達リクエストも受理された。シタル監督、あの時は本当にありがとうございました。新作、待ってます。

ルーマニアの「私小説」作家

二〇一八年十月、この月に俺のルーマニアックな運命を動かす人との出会いがもたらされたんだ。〈Scena9〉というカルチャーサイトがある。ここでは世界情勢から文学や映画などのルーマニア文化まで、あらゆる分野の最新情報が特集されており、ルーマニア語の勉強にも有用だったが、ただ読んでいても面白いって理想的な場所だった。

ある日、ここで見つけたのが最新のルーマニア文学に関する書評だ。まず目につくのは、書評の著者であるミハイ・ヨヴァネル（Mihai Iovănel）の名だ。彼はルーマニアでかなり有名な文芸評論家なんだ。明晰かつシニカルな筆致で容赦なく新作小説を斬る時もあれば、知に裏打ちされた賛辞を捧げるって時もある。彼に評価された作品はルーマニア文壇でもかなり話題になる。それほどの存在感を放っている人物なんだよ。

が、ここでの主人公はヨヴァネルじゃない、このあと重要人物として再登場するけどね。この時気になったのはヨヴァネルが紹介してた小説の作者なんだ。彼が現代文学の書評を定期的に寄稿してる場所が件の〈Scena9〉で、俺もそれをちょくちょく読んでたんだけど、この時取りあげていた本《Un cal într-o mare de lebede》（訳すなら、白鳥の海にいる一頭の馬）のあらすじを読んで、俺はマジ驚いたよ。

主人公は、二十四歳のロザリンというイギリス人女性だ。彼女は自身の病気や機能不全の家族に苦しめられていたが、そこから逃れるために留学を決意する。目的地として選んだ場所が、他でもない東京だった。

おいおい、その近くに住んでるよ、俺！　しかも今作の着想源がshi-shousetsu、つまりは私小説だということにまた驚かされる。これを書いた人物は日本文学に精通している人物だと思わざるを得なかった。

ということで、作者について調べてみる。ラルーカ・ナジ（Raluca Nagy）は人類学者兼小説家というなかなか異色の経歴を持つ人物で、今作が初単著かつ、初長編であるらしい。そして数年前に早稲田大学へと留学、しばらく日本に住んでいたそうなのだ。その経験をおそらく投影した「私小説」がこの長編なんだろう。

俺は直感的に、これはルーマニア人が執筆した日本文学だと思った。そんな作品を読みたくならないはずがないだろ！

だけど読むにはいくつもの障壁があった。

まず物理的な障壁から。実を言えば、ルーマニアにはAmazonがない。だからどう本を注文して、ルーマニアから日本まで輸入してもらうか、俺には皆目見当がつかなかったのだ。

しかしこんな時に役に立つのがFacebookだ。ルーマニアの人に「ルーマニアから本を輸入したいんだけどどうすればいい？」と助けを求めると、ある人が海外からでもクレジットカードが登録できる輸入代行サイトを教えてくれた。最高だね。

これで物理的障壁は乗り越えたが、もう一つ精神的な障壁があった。

「ああ、文学が読めるくらいルーマニア語ができればな……」なんて、そんな弱気なことを思ってしまったんだ。今さっき、ルーマニアの人に質問するにも辞書を使わなくてはいけなかった自分がルーマニア語で書かれた書物を読めるはずがないと。

ここで注文を躊躇っていた時、ふと俺はRaluca Nagyという名前をFacebookで検索していた。そうしたら彼女のアカウントが現れたんだよ。「共通の友達が○人います」という表示とともに。俺のルーマニア・メタバースが知らぬ間に広がっていってたのを、何よりも鮮烈な驚きと喜びとともに味わった瞬間だ。

ここで、ルーマニア語の勉強やルーマニアの人々との交流を通じて俺が学んでいたことを書かせてくれ。それは「勢いで行け！」ということだ。

確かに「明日ルーマニアに行く！」だとか、そういうことは無理だ。でも、このラルーカ・ナジさんにメッセージを送るというのはやろうと思えば、今すぐできることだった。もしそれを後回しにしてしまうと、積もり積もって一生やらなくなってしまう。やらない後悔よりやる後悔だ。

ここでもう、俺は既にメッセージを書き始めていた。そして気づいた時にはもうメッセージを書き終わっていて、それをラルーカさんに送っていた。

かなり長い激励メッセージなので、全部は引用しない。しかし何も見なくたって思い出せる文言がある。

“Un cal într-o mare de lebede” ar fi prima literatură română pe care o voi citi in limba română.

《Un cal într-o mare de lebede》は、私がルーマニア語で読む最初のルーマニア文学になるでしょう

数時間後、本当に速攻で返信が届いた。ネット時代ってマジでスピード感が半端ないよな。

そこにはこう書いてあった。「あなたのメッセージを読んで本当に感動しました。年

末年始に東京へ行くのでそこでぜひ会いませんか?」。

ラルーカさんがやって来た!

年が明けて二〇一九年二月、俺はラルーカさんと六本木で一緒に蕎麦を啜っていた。場所はなかなか風情ある蕎麦屋で、ラルーカさんが行きたいと言ってた場所だった。こういう木目の香り漂うような由緒ある店って、どんなジャンルにしろほぼ経験ゼロだから、そういう意味でも緊張した。すごい勢いで瞬きしちゃうんだよ。さらに目の前にあのラルーカさんがいるんだから、また緊張だよ。瞬きしすぎて、もはや眼球が爆発しそうになる。彼女の方はというと、年の功と言うべきか、ゆったりと蕎麦を楽しんでる風だった。ラルーカさんの雰囲気は穏やかなものだったね。学者というお堅い職業ながら、ピリピリとした厳格さはないが、かといって自由人に付き物のゆるゆるってものでもない。知をおおらかに受け入れるってデカい器量がその雰囲気から窺えた。知性そのものって感じだよ。

会った時に、輸入代行サイトを通じルーマニアから届けられた《Un cal într-o mare

de lebede》の本を見せると彼女は相当感動してくれていたようだった。だから、実は全然読めていないというのを告白することができなかったよな。まあ懸念通り、この時の俺の語学力じゃ手に余る作品だったからね。

　まずはルーマニア映画について語りあったことを覚えてる。彼女は映画を含めて様々な文化に造詣が深く、名前を挙げればすぐに反応が返ってくるという阿吽の呼吸なテンポが繰り広げられていた。俺をルーマニア語の世界に誘ったコルネリュ・ポルンボユ監督の《Polițist, Adjectiv》に、俺が一番尊敬しているルーマニア映画界の巨匠ルチアン・ピンティリエ（Lucian Pintilie）。こうやってルーマニア映画についてネット上でなく現実で話せるというのは本当に初めての経験でさ、脳髄のいつもと違う部分が活発になって、口も舌も喉もめっちゃ滑らかに動いてたね。

　それから蕎麦屋の近くには、レンタルショップと本屋が併設されたTSUTAYAがあった。映画も本も勢揃い、しかも洒落た内装。俺の世界とはマジで大違いだ。ここでも映画話をしたよ。日本でも公開された『俺の笛を聞け』というルーマニア映画のパッケージを指差して、日本人はルーマニア語の読み方が分からないからフロリン・シェルバン（Florin Șerban）という監督名をフローリン・サーバンにしていると笑いあったね。

　次は本屋ブースに行って、最新の日本文学についても語りあった。町屋良平という芥川賞作家がいかに素晴らしいか、しかしひらがなを先鋭な形で多用する彼の文体を翻訳するのは相当に難しいだろうってこと。それからこだまの『夫のちんぽが入らない』（扶桑社）という本は、題名こそ気圧《けお》されるような性的あけすけさだが、実際には女性の身体をめぐる切実な物語でとても面白い……。

　こういうことをラルーカさんに語ったよ。その中でも彼女が気に入ったらしい本が今村夏子の『あひる』（書肆侃侃房）で、彼女はそれを購入してくれた。いつか彼女が今作をルーマニア語に翻訳してくれるかもね。

　ちなみに正直に言うと、俺はラルーカさんとルーマニア語ではなく、主に英語で会話をしていたんだ。引きこもりながら語学勉強をすることの欠点の一つは、外国語を手で書く機会は相当あるのだが、外国語を口で喋る機会がほとんどないことだな。

　先述通り一度もルーマニアに行ったことがないんで、この時点で実際に会ったルーマニアの人はラルーカさんでたった四人目だった。というかこの一年後からコロナ禍が始まるので、今でも実際に会ったルーマニアの人は四人だけだ。なのでルーマニア語での会話が未だに全然できない！

　話は俺のルーマニア語の勉強法についてになった。先の章で書いたようにFacebookでルーマニアの人と喋りまくり、〈VICE România〉で変な単語を学ぶなんて勉強法を俺はやっていたが、この数ヶ月前から新しいことも始めた。それは自分が書いた文章をルーマニア語に訳すという試みだ。日記、映画批評、そして小説だ。

　俺は映画批評をひたすらに書きまくる日々を送っていたが、本当にやりたかったのは小説の執筆だった。実をいえば高校の頃からの夢だった。でも、その夢を抱くまでの過程をあまり思いだせない。自然と「小説家になりたい」という夢を持っている状態になってたんだ。芸術への衝動って得てしてそんなもんだと思うんだけど、どうよ？

　それで教室や図書館で色々と本を読んでいて、印象に残ったのは成田良悟のラノベ『バッカーノ！』シリーズ（電撃文庫）に、歌野晶午の『葉桜の季節に君を想うということ』（文春文庫）に、それから谷崎潤一郎の『蓼喰う虫』（新潮文庫）の三作品。統一性がなくて、自分でも当時の俺の心境がよく分からん。それでもこっから俺はラノベやミステリーではなく、純文学を目指すんだけど、この理由はまあ「周りのみんながあんま読んでない純文学なんてのを書けたら、俺カッケェだろうな……」っていうのだったのは間違いないね。

　それで大学でも日本文学を専攻したよ。だが先述通りノイローゼだったもんで、授業に面白さを見出せず、日本文学自体に嫌悪感を抱くほどになった。最後には授業以外では触れるのも厭になり、図書館に籠もって海外文学を読み漁るようになった。そうして小説を書こうとするんだが、まともな作品など一本も完成することがなかった。

　この時代の作品について考えると「うっ……頭が……」と中二病の古傷が開いたなんて痛みに襲われるけど、確か、何の脈絡もなく人間が溶けてなくなるってのが日常になった世界が舞台の長編を書いていた覚えがある。主人公はその溶けた残骸を掃除する清掃会社でアルバイトしてる大学生だった。でもプロット構成もせず、行き当たりばったりで書いていたからどんどん支離滅裂になり、最後には空中分解したね。これに限らず、小説を書いてはそんな大失敗を繰り広げていた。そして引きこもり生活が始まるが、この鬱屈から目を背けるため、読書を止めて映画に埋没する。そうして自己流で映画批評を書くようになったんだが、結果的にこれが好を奏した。

　俺は批評を書くために物語の構造や構成、演出がどのように作用しているか、物語と演出の噛み合い方はどうかを延々と、永遠と分析していた。そして実に、約六百もの記事を書いていたよ。

　こんな武者修行をしていると、物語をどう書けばいいかが自然と分かってくる。ある時期から、俺は誰に言われるでもなく小説を書き始めていた。最初は海外文学っぽく、外国が舞台で、かつ日本が全く関係ないような作品を書いた。イギリス、アルゼンチン、スロバキア……。どこかの文芸賞に出すには短すぎるこの海外「風」文学は、しかし自分にも小説を完成させることができる、つまりは小説が書けるという成功体験をもたらしてくれた。こうして文学的自尊心を育んだ俺は、必然的に日本文学へと還ってくる。大学の授業であれほどノイローゼになったもんだが、とうとうまた己の言葉でこの日本について書いてやりたいって思いを抱くようになっていたんだよ。

それでいてノイローゼと引きこもりを経た俺は、そんな自分を取り巻く日本という社会に対して深い絶望や虚無感を持つことになった。だから書きたいと思った主題も正にそこから濃密に立ち上がってきたんだ。巷にはマジにクソッタレな状況が広がってるだろ。ネットやテレビで流れる女性差別や外国人差別、日常において遭遇する驚くべき悪意。そういうものに対する怒りが、俺に言葉を吐き出させていったんだよ。

そしてまずは本当に短い掌編をいくつか書いていく。東京に放射能がやってくるという噂に翻弄される同性カップル、満員電車である会社員が周りの客に潰され消滅する幻想小説、夫として父として理想的な男が人種差別的価値観を突如露にする「普通の日本人」の物語。これらは全て原稿用紙十枚にも満たない作品だった。しばらく書き終えたこと自体に達成感を抱いていたが、それで飽き足りるような人間じゃ俺はなかった。

ここで思い浮かんだことがある。これをルーマニア語に翻訳してみようと。俺はこれについてラルーカさんに話して、そして少し大胆になり、言ったんだ。

「もし良かったら、俺が翻訳した作品読んでくれません？」

すると彼女は快諾してくれて、目の前で重い扉が少しずつ開いていくような素晴らしい気分になったよ。軋みの響きが確かに聞こえたんだ。

駅で記念写真を撮り、彼女と別れた帰り道、俺は電車で《Un cal într-o mare de lebede》をまた見つめてたよ。赤と黄色を基調にした表紙、その感触は普通の紙と違って厚みがあって、ちょっとふっくらしている。そしてページを開くと、そこにラルーカさんがルーマニア語でメッセージを書いてくれていた。

Lui T
Mă bucur că ne-am întâlnit la Tokyo și succes! Cu drag, Raluca.

Tへ
東京で会えて嬉しかったです。成功を！　ラルーカより

この数日後、再びラルーカさんからメッセージが届く。そこには俺の短編をルーマニアの文芸誌〈Iocan〉に送ってあげると書かれていた。おいおいおいおい……。

4 ルーマニア文壇に躍り出る

野武士ミハイ

「いやお前、引きこもりとか言いながら、外出て人と会って、いい思いしてんじゃねえか！」

今までの中途半端な引きこもりっぷりにゃ、書きながらそうセルフツッコミしたくなっちゃったりする時もあった。

だがしかしこの章以後は、ルーマニアに関するほぼ全ての出来事がタブレットかパソコンの液晶の前で起こった出来事である。少なくとも出てくる登場人物に関しては親以外全員がネットを通じてしか交流したことがない、日本人含めてね。

とはいえ、それだからこそ経験することのできた空前のルーマニア「語」旅行記が、ここから繰り広げられることを俺は保証するよ。

その旅において、最も重要な歩みの一つだったルーマニア語がこれだ。

Eu, japonez, scriu o povestire despre partea întunecată a Japoniei în limba română, ești interesat?

ラルーカさんが文芸誌に作品を送ってくれると言った後、俺はこんな文章をFacebookに上げたんだよ。意味はこうだ。「自分は日本人なんですが、日本の暗部について書いた短編をルーマニア語で書いています、興味ありますか？」。

まあ、これも勢いというやつだよな。ラルーカさんが作品を認めてくれて有頂天になった俺は、彼女に送った作品以外の二本をルーマニアの人に読んでもらいたくなったんだよ。それでFacebookで繋がっている人々に作品を読みませんか？と投げ掛けたんである。

実を言えば、これは結構反響があった。日本人がルーマニア語で小説を執筆しているというのは相当珍しいってわけで、好奇心を抱いて「ぜひ読ませてほしい！」とメッセージを送ってくる人々がなかなか居たんだった。

そんな彼らにせっせと作品を送っていくなかで、一人の人物からメッセージが届く。その人物の名前はミハイル・ヴィクトゥス（Mihail Victus）、俺の人生をマジで一変させることになる存在だ。さっきちらっと話した、文芸評論家のミハイ・ヨヴァネルとは別の人物だよ。

このミハイ（自分はいつもこう呼んでいる）はインテリアデザイナーでありながら、かつ新進気鋭の作家としても将来を期待されている。

ミハイの作品において特徴的なのは、人と人がともに生きるうえで必要とされる倫理観とその腐敗と俺は思う。例えば彼の第二長編《Toate păcatele noastre》（『私たちが背負う全ての罪』）は、主人公の女性と彼女の弟の関係性を描く心理スリラーなんだけども、姉の独白で構成された文章は切れ味鋭い一方、展開は劇的というより彼らの日常描写が細かく綴られる。二つが合わさり現れるのは彼女らの関係性に入った亀裂であり、ミハイはこの不穏さを倫理という面から探っていくわけだ。こういう倫理への問いを研ぎ澄ましながら小説を紡いでいくことで、ミハイは新鋭としての名声を確立していっているんだよ。そんな彼にはもう一つの顔がある。それはネットの文芸誌〈LiterNautica〉の設立者というものだ。既存の文芸シーンに不満のあった彼は友人たちとともに文芸誌を立ちあげて、そこで若い才能の作品を積極的に掲載していってたんだ。

「やあ！　その〈日本の暗部〉を描いたって短編、ぜひ読ませてくれるかな」

　ミハイが送ってきたのはそんなメッセージだった。そして、もし興味深い一作だったら〈LiterNautica〉に掲載したいという。

　いやはや、全く信じられない申し出だったよ。実際このメッセージが送られてくるまでミハイについても〈LiterNautica〉についても何も知らなかった。一応Facebookで友人として繋がっていたが、前に書いた通り友達リクエストをむやみやたらに送りまくっていたので、繋がっていると言ってもほとんどの人は全く見ず知らずの他人という状態だったからね。野武士のような髪型の三十代の男が丸い枠のアイコン写真におさまってるって、俺にとってのミハイのイメージは本当それだけだった。だけど申し出に乗らない手はないよな。

　心臓をバクバク言わせながら、俺はミハイに作品のファイルを送った。

　作品を送った後、俺はただ待つしかなかったよ。この間に、〈LiterNautica〉で掲載作品を読もうとしたんだが、心臓が爆発しそうな緊張感のなかじゃ、ルーマニア語は完全に謎の象形文字と化してた。それを理解できるような状況じゃなかったんだよ。

俺が置かれていたのは何というか、興奮と不安が交わる、ビリビリとした攻撃的な曖昧さのなかだった。時間という概念が歪みに歪んで、いっとき加速したかと思えば、凄絶なまでに遅くなる。

引きこもりが極まってた時の時間感覚と同じように思うかもしれないが、あれが緩慢な自殺みたいなものなら、こっちはもっと劇的、世界が積極的に俺の肩掴んでぐんらぐんら揺さぶってくるって感じだ。時の流れに翻弄され、俺の心がすっちゃかめっちゃかに回転しているみたいだったよ。それで頭から脳髄がスポンと飛んでいって、そのまま坂道を転げ落ちていくような感覚を味わった。

そんな状況で俺は返事を待った。

ただ返事を待つしかなかったよな。

待って、待って、待ち続けた……。

そしてその時はいきなりやってくる。

Facebookにミハイからメッセージが届いたんだよ。

Hei, chiar mi-au plăcut poveştile tale. Vreau să le public pe LiterNautica.

やあ、君の短編気に入ったよ。ぜひ〈LiterNautica〉に掲載したいね

その時、俺の脳髄でビッグバンが起こったんだった。そこからは恐ろしい速度で物事が進んでいった。自分は何か騙されてるんじゃないかと疑ったりもしたが、その頃の〈LiterNautica〉はミハイや編集者が原稿を受け取ったら、編集と確認作業がすぐに行われ、そのまま原稿が掲載されるという様式をとっていた。

だから数日も経たず、俺の作品〈Un japonez ordinar〉がそこに掲載されたんだよ。本編に出てくるカバの絵がトップにあしらわれた掲載ページを見ても、もちろんすぐには信じられなかった。

見ているのは夢なのか、悪夢なのか。ところがどっこい、これが現実！

そして凱歌を響かせるように、俺はTwitterで、日本語で報告をした。おそらく当時の興奮を知ってもらうには、これをそのまま引用すべきだろう。

はい、私がルーマニア語で書いた短編〈Un japonez ordinar〉がルーマニアのWeb文芸誌LiterNauticaに掲載されました。ええやりました、済藤鉄腸は日

本人で初めて正式にルーマニア文学作家となりました。私がルーマニア文学になりました。私の人生の中でも最も大きな達成だ!!!

何というか、言いたいことが溢れてきますね。まず私はルーマニア文学の担い手としての一歩を歩み始めた訳ですが、ルーマニア語では現代の日本の暗部、特にこの国における有害な男性性の行く末を描き出したいと思います。排外主義、性差別などそういったものを描きたいと

これまで日本ではずっと燻ってましたからね、こういう気持ちはありましたよ、自分は日本ではなくて他の国でこそ理解されるのではないかと。この思いが最良の形で結実したと言いますか、私にとって第二の故郷であるルーマニアがまず私を認めてくれたことを本当に誇らしく思います

そして日本語で友人たちに祝福されながら、次はルーマニア語でこれを報告すると、今度はルーマニアの友人から祝福されることになった。ルーマニア語で「おめでとう」は Felicitări というのだが、この言葉を誰もがかけてくれた。他にもこんな言葉を受け

取ったりしている。

Felicitări, un text plin de vigoare și imagini senzoriale interesante.

おめでとう、活力と興味深いまでに感覚に訴えかけるイメージに満ちた文章だ

Welcome! Textul ăsta e foarte bine scris. Are un stil simplu și la obiect, și cu toate astea dă de gândit, dovadă că ai nevoie de relativ puține cuvinte pentru a produce literatură.

ようこそ！　この作品はとてもよく書けているよ。文体自体は素朴で即物的だが、思索を与えてくれるものだ。少ない言葉だけでも文学を生み出すには十分だというのを証明しているよ

それからルーマニア語以外にも「すごかったです！　感動しました」とルーマニアの人が日本語で感想を送ってくれたのもあり、こちらこそ感動せざるを得なかった。

これが実際、今でも信じられない、夢としか思えない理由はもう一つあるんだ。〈Un japonez ordinar〉が〈LiterNautica〉に掲載されたのは二〇一九年の四月一日、つまりエイプリルフールなんだよ。

でも本当、これに関しては嘘じゃないんだ。この日を以て、俺は日本人で初めてのルーマニア語作家になった。マジでやってやったんだ。

ルーマニア文壇の実際

というわけで、済東鉄腸、華麗なるルーマニア文壇デビュー！

とか言いながらも、日本で引きこもってるって状況は全く変わらんから、現地にいたならまだしも華麗さなんてのとは程遠い。ネットの人以外では、コンビニで売ってる期間限定のポテチの旨さだけが俺を祝福してくれた。

だけど、ここは日本のそれとは全く違う世界なんだよな。実際はデビューした後こそ未知の驚きに巡りあっていって、毎日が新鮮だった。コメディで国の文化の違いをネタにするカルチャーギャップものなんてジャンルがあるけどさ、俺はそんな映画の主人公になってる気分なんだよ。

これについて書きたくてしょうがないわけだよ。何故ってこのギャップを経験すること自体が、俺のルーマニア語作家としての歩みなんだからね。

まず日本とのデカい違いといえば、職業小説家が存在しない、というか職業小説家という概念そのものが存在しないということだろう。

ある人に言われたんだが、ルーマニアの出版業界はヨーロッパのなかで規模が最も小さいらしい。日本じゃ小説が売れないと言われて久しいが、ルーマニアはそれ以前に市場規模が小さいゆえに、日本で使われる「売れる・売れない」という尺度が適用できない。

だから小説を書いて金を稼ぐことはできない。いや、そもそも小説を書いている人のなかで、小説を書いて金を稼ごうと思っている人物がほぼ存在しないの方が正しいか。こういう考え方が全く存在していないんだよ。

ルーマニアで小説家といえば自動的に「兼業作家」となる、日本に当てはめればね。例えばミハイはインテリアデザイナー兼小説家、ラルーカさんは人類学者兼小説家、こういう兼業が基本だ。

みんな、小説の外で自分の食い扶持を稼ぎ、余暇に何の心配も気兼ねもなく、ただ書きたいと思う小説を書く。言ってみれば、小説を書くというのは職業ではあり得ない。

聞いた話だが、村上春樹と並んでルーマニアのノーベル文学賞候補であるミルチャ・カルタレスク（Mircea Cărtărescu）も大学教授兼小説家らしい。

ルーマニアで小説はどのくらい売れているかなんだけど、ルーマニアの小説は売れない代わりに、外国文学は人気でよく売れる。ここも日本と逆の現象だな。

というのもルーマニア国民は基本的に自国の文化を面白いとは思っておらず、海外文化の方が魅力的に映るらしい。だから文学に関していえばアメリカ、フランス、ロシア文学とかの方がよく読まれる。その中には、俺には信じがたいけど日本文学も入ってくる。ルーマニア文学は全然売れない。

でも結構な頻度でルーマニア文学は出版されている。売れないのに何故売るかといえば、要は文化振興ということだ。自国の文化を絶やしちゃいけないから、慈善事業としてやっていると。外国文学を売ったお金で、ルーマニア文学を出版しているってことだ。なので金が稼げるわけもなく、小説家はみんな他に仕事をやりながら、趣味として小説を書く。

何だそりゃと思うかもしれない。この事実をルーマニアがヨーロッパ最貧国の一つという情報に接続する読者もいるかもしれない。だがこう考えられないだろうか。

ルーマニアにおいて小説の執筆はお金に繋がらない、つまりは小説という芸術が、資本主義の論理の外に在るということだ。「芸術が金と結託するとクソッタレになる」って古風な考えを持つ俺にとっては魅力的に映るんだよ、ルーマニアは。

文芸誌に関しては、これは基本的に自分から公募へ作品を送るというシステムになっている。

依頼されて執筆というのも当然あるが、基本は自分で書きたいものを書いてそれを文芸誌に送りつけることが多い。これを編集者が読んで面白いと思ったら掲載、面白いと思わなかったら謝罪とともにつっかえされる。就活のお祈りメールみたいな。

俺の場合、この三年で三十本くらい短編が掲載されたけど、依頼されて書いたのは二、三回くらいだ。その依頼も「何か書いた作品あったら送って」というアバウトなやつだった。

日本では新人賞に応募なんて形式で、賞を獲ったらプロデビューって、言っちゃ悪いが権威主義的なシステムだろう。俺も実際原稿用紙百枚くらいの短編を二本書いて送ったことがある。権威に認められようとしたのは否定しないが、それでもこのシステムは何かがおかしいよなとは思う。

対してルーマニアは常に編集者とタイマンバトルってのがいい。その人物に作品が気に入られれば掲載、気に入られなければボツ、他の雑誌に送り直す。この繰り返しで小説家として一喜一憂するんだ。

　自分は幸運にもミハイに見出されたという流れだが、彼は既存の文芸誌に不信感を抱いて自分の雑誌を設立したという経緯がある。気に入らないなら自分で文芸誌作るか！　というフットワークの軽さも、ルーマニアの小説家の特徴である。いや、日本でも同人誌の領域ではこれが普通だろうけど、ルーマニアはこの形式が完全にメジャーってのが異なる点だろう。

　これ関連で言うと、ルーマニアには文芸編集者って職業もほとんど確立していないのではと俺は密かに思っている。

　文芸編集者はもちろんいるのだが、多くが自身も小説家として作品を書いているという兼業編集者、つまりミハイみたいな存在が多い。とはいえ個人的には自分も小説家として日々研鑽している存在が俺の作品を編集してくれるほうが、必然的に安心感はあるかな。まあ、これは好みの問題ということで。

　で、次は本の出版なわけだけど、少なくとも最初の本に関しちゃ原稿を持ちこんで読んでもらうって形になっている。俺は今、短編が十分な数溜まった二〇二〇年の夏くらいから、ルーマニアで本出版という悲願達成を目指して、ルーマニアの出版社に原稿を持ちこんでるんだ。編集者に直接メールで原稿ドカンと送りつけるんだよ。

でも、芳しくないよな。作風が「暴力的でグロテスク過ぎる」と出版を拒まれるってのは、まあ納得できるよ、これはしょうがない。だが去年から顕著になってきたんだが、「コロナのせいで今年は新しい本が出せない」って拒まれるのは、色々な意味で納得行かないわな。それから小説家の友人から聞いたんだが、彼のそのまた友人は既に小説出版が決まってたのに、コロナのせいで会社の経営が傾いて中止という最悪の事態に陥ったらしい。いや、とんでもない時代にルーマニアで小説家になっちゃったよな、俺。

だけどマリア・ペトリク（Maria Petricu）っていう編集者に原稿を送ったら、割と良い反応をもらったこともある。忙しいらしく、かなりの間返事が返ってこなかったんで「原稿の出版是非について教えてくれないと、他の出版社に原稿送れないんすけど？」とやきもきしたね。それでも勇気を出して催促のメッセージを送ったら「返事遅れてごめんなさい。原稿はちゃんと読んでます。作品なかなか好きです、ジョージ・ソーンダーズの『パストラリア』みたいで。でも今かなり他の作業が忙しくて、あと一ヶ月返事待ってくれません？」だって。

また更に一ヶ月待つのかよって感じだった。まあでも俺の文章がジョージ・ソーンダーズを彷彿っていう言葉に免じて許したよ。いいよな、ソーンダーズ。特に岸本佐知子が訳してる作品はさ。

で、その一ヶ月後に返事が届いたんだ。出版は無理だってさ。ここで結構ガーンとなっちゃってね。このメッセージに返信する気力もなくなって、無礼なんだが完全に無視してしまったんだ。

だけど俺の二十九回目の誕生日に祝福のメッセージを送ってくれたんだよな。ここで謝らないといけないなって、勇気出して謝罪と感謝を伝えて、もし原稿が溜まったらまた挑戦させてください！と送ったんだ。そしたら「もちろん」と返事が来た。

これで二つ目の原稿を送ったら出版が決定……とかなったら最高だが、そういう上手い話はない。代わりに数ヶ月後に再びメッセージが来て、自分が創刊する新しい文芸誌に作品を書かないか？と依頼された。そして彼女の雑誌〈Revista Planeta Babel〉に作品が掲載されることになる。

何が言いたいかって、原稿持ちこんで断られても、悔しさを押し殺して編集者に礼状を送っとけってことだな。

ミハイとの友情

ミハイル・ヴィクトゥス、我が親友にしてルーマニア文壇の気鋭、そして俺をルーマニア文壇にデビューさせた張本人。

見た目は武骨と凛々しさの境というか、まるで大地の泥に汚れながらも、厳と敵を斬り捌いていく野武士だね。日本じゃアンタみたいな侍はモテるよって、ミハイにFacebook の Messenger で言った覚えもある。

性格はその年以上に大人びているというか、まだ本は二冊しか出していないのに巨匠感すら感じる老成ぶりだ。しかしその瞳の奥には剥き出しの文学的な野心がある。

日本の建築家で、特に一九四〇年代前半生まれの世代を「野武士」の世代って呼ぶんだが、そこに属する一人が、あの目も覚めるようなコンクリート打ちっぱなし建築である住吉の長屋を設計した安藤忠雄だ。今じゃ日本で最も有名な建築家の一人だけど、プロボクサーから独学で建築家になったって異色のキャリアを持ってる、正に孤高の人物だ。

その剥き出しの孤高ぶり、それでいて虎視眈々と相手を見据えるボクサーが宿す類いの明晰さ。つまり彼こそルーマニア文学界の安藤忠雄ってわけだ。

いやマジで日本の友達含めても、最も親しい友人の一人って言える人物だよ。もちろん。直接会ったことはないけどね。先に書いた通り、もし彼がいなければ俺はルーマニア語で小説家としてデビューしていなかったし、この本を書くこともなかった意味で大切な存在でもあるよ。加えて村上春樹よりも村上龍の方が好きで、日本文学のクソ陰惨な暴力が好きっていうバッドガイでもあるね。

ルーマニア語で作品を書きあげた際には真っ先にミハイに作品を見せ、アドバイスをもらっている。簡潔かつ正鵠を射るような言葉はいつも助けになっているし、俺が落ちこんでいたり、先行きに不安を感じたりする時は勇気づけてくれもするんだった。「ヘミングウェイを思い出す、簡潔で力強い文章だ」なんて賛辞までくれる時もあった。嬉しさとともに背筋がピンと伸びるよ。そして〈LiterNautica〉の編集者として作品を吟味し、最高の状態で掲載してくれる。彼はルーマニア文学において俺に道を指し示してくれる導き手だね。

俺は根が小学生だから、くだらない下ネタが大好きなんだ。それで例えば「上司に媚びる」って文章を「上司のケツ穴を舐める」なんて書きたがる。で、こういう文をルーマニア語に翻訳しようとしていたんだ。ルーマニア語でも「ケツ穴」はanusなんでそのまま使ったら、ミハイはgăoază（ガオアザ）という全く見たことない単語を教えてくれた。anusよりも強烈なスラングらしい。こんな単語、辞書を探しても出てこない、正に生きたルーマニア語だよな。

　こんな友人を持てた俺は本当に幸せだよ。

　ところで二〇二〇年下半期の第164回芥川賞を受賞した作品を覚えてるかな？　そう、宇佐見りんの『推し、燃ゆ』（河出書房新社）だ。

「推し」という日本独特の文化を通じ、現代における信仰を描きだすこの作品なんだが、もし自分が『推し、燃ゆ』をルーマニア語に訳すとするならどうなるか？　ふと思いを馳せて、ミハイに相談してみたんだ。

　その前にまず、一人で考えてみる。もちろん本文を訳すにはまだまだ役不足なので、とりあえず『推し、燃ゆ』という題をルーマニア語にどう翻訳するかについて考えてみようとした。だが早速その翻訳できなさに頭を抱えてしまったのである。

『推し、燃ゆ』という題は極めて日本的なものだ。まず「推し」っていう概念が日本特有のもので、それを指し示す言葉どころか、そもそもその概念が海外に存在しているのかが怪しい。

　更にネットで炎上するという意味の「燃ゆ」だが、一応英語にはflamingっていう同じ表現がありながら、これをルーマニア語にそのまま適用できるかは難しいところだ。加えて「燃ゆ」が古語であることも、勘案する必要があるわけだな。

　もしだ、逐語的に『推し、燃ゆ』をルーマニア語にするなら《Idolul meu favorit pe care-l suprijinesc este criticat în mod vehement pe internet》（私がサポートしてる一番好きなアイドルがネットでめちゃくちゃ激しく叩かれてる）くらいには説明を足す必要があるだろう。これくらい過剰じゃないと、「推し」という文化込みでルーマニア人にこの題名を説明しきることができない。

　だがこれは説明であって、実際に題名として使うことはできない。なので『推し、燃ゆ』という簡潔さに、あのルーマニア語を近づけていく必要がある。

　とりあえずシンプルに考え、「推し」と「燃ゆ」の直訳を当てはめてみる。

「推し」はかなり難しいところだが、主人公が信奉する相手がアイドルなので、素朴な直訳としての idol は選択肢としてありだと思った。だがこれじゃ「推し」に宿るごく個人的な感情がスポイルされるので、これを付け加える一語が必要だろうね。なので《Idolul meu》（私のアイドル）という形で考えてみた。

「燃ゆ」に関しては幸い「ネット炎上」と同じ概念がルーマニアにも存在することが分かった。sub foc だ。英語で言う under fire と似ている。無理に意訳することなく二つを繋げて《Idolul meu, sub foc》（私のアイドル、炎上）っていうのを一応作ってみる。

　でこうやって訳を作ってから、ミハイに相談しに行ったわけだ。

　暇な時はMessengerにメッセージ送って、彼とお喋りにかまけてるんだけど、今回はちょっと酒も飲みながら、俺としては軽い飲み会みたいな感じで翻訳問答をしてた。完全にオンライン上で、しかも日本とルーマニアで時差七時間くらいあってこっちの夜はあっちの午後だったりするから、ミハイの方は酒飲んでなかったと思うけどね。

　彼に英語でニュアンスを伝えながら一緒に考えていたが、ここで彼は《Defăimarea idolului meu》という題を提案してきた。直訳では「私のアイドルの名誉棄損」だが「私のアイドルの堕落」みたいに訳せるだろう、もしくは「堕天」かな。

　それでも俺がこだわりたかったのは『推し、燃ゆ』の「、」だよな。

　ルーマニア語の小説タイトルにおいては別に使わないわけではないのだが、日本語の小説タイトルで句読点を使うのは割と稀だろう。このニュアンスはぜひ残すべきだと思った。なので俺としては《Idolul meu, sub foc》の方が良いかなと思った次第である。

　しかしここにもう一つの問題が生じる。

　宇佐見は題字において「燃える」だとか「炎上」という言葉を使うことなく、敢えて「燃ゆ」という古語を使っている。この作者の意図を尊重するとなるとsub focという言葉は、ルーマニア語の響きとして新しすぎるし、日常的すぎる。今において普通に使われている言葉を使ってしまえば、ここに「燃ゆ」が日本語話者に与える異物感は出ることがない。

だからsubは前置詞であまり変えようがないとして、ここで変えるべきは「炎」を意味するfocの方だと思えた。

ここでミハイが提案してくれたのがrugという言葉である。これは「炎」を意味する古いルーマニア語であり、例えば魔女狩りに使われる炎を形容する際に使われた言葉だそうだ。英語で言うpyreである。ネット炎上という現象を現代の魔女狩りに準える言説は多い。その論旨に同意するかしないかはまた別の問題だが、言葉としてこれを使うのが良さそうだなってね。

こうして出来上がった題が《Idolul meu, pe rug》なんだ。

rugにはsubではなく「〜の上に」を意味するpeを使わなくてはいけないというのはミハイ談。より魔女狩りらしくて、いいじゃない。

もちろん日本語のニュアンスを完全に伝えられているとは言えない——とはいえこれが翻訳の宿命というやつなんだよな——が、題の簡潔さやリズムなどを勘案し、意味の付加や単語の長さの調節を最低限に抑えたうえで《Idolul meu, pe rug》が現時点での最適解かなと思ったんだ。

もちろんもっと思索を深める必要があるので、今後ともルーマニアの人々と相談しながら色々やっていきたい。

こうやってミハイと『推し、燃ゆ』の題を翻訳してきたんだけど、数ヶ月後の今にこのエッセイを書いている時、今作の英訳が出るという情報が入ってきた。題名を確認したら《Idol, Burning》だった。

いや、やっぱ、句読点は必要だよな！　それでいてidolに所有格とかつけなくても意味は通じるとプロが思うんだから、俺もそれを放棄してIdolulだけで良いかもしれない。

だが、現在でも普通に使われるburningを使うのはどうよ？　これなら俺とミハイでこさえたpe rugとかの方がより古風じゃあないの？

ま、それは神のみぞ知るってことで。

村上春樹から逃れられない

Sincer, nu știu de ce un japonez, care vine din țara lui Kawabata și Yukio Mishima, și-ar dori să scrie în limba română, însă m-a cucerit atât sinceritatea mesajului, cât și, mai ales, efortul de a învăța o limbă europeană care probabil pentru Tettyo Saito e mai exotică chiar decât ni se pare nouă limba japoneză.

正直に言えば、川端康成や三島由紀夫を生んだ国からやってきた日本人がルーマニア語で執筆したいのかは分からない。しかしメッセージの真摯さ、そして何よりこのヨーロッパの一言語、おそらく私たちが日本語にそう思うように彼にとってエキゾチックに映るだろう、ルーマニア語という言語を学ぼうとしてきた努力に、私は感銘を受けたのだ。

これは俺の作品を掲載してくれた文芸誌〈O mie de semne〉の編集長・小説家ジェ

ル・ディアコヌ（Gelu Diaconu）が、作品冒頭に記してくれた言葉だ。日本人がルーマニア語で小説を書くということで、「日本人がルーマニア語で作品を書くなんてすごい！」とか結構反響があったんだけど、この言葉は随一に印象に残ってるんだよな。

読み返すたび感慨深くなるんだけども、同時に興味深い点もある。ルーマニアの読者たちが日本文学にかなりの関心を持っているってことだ。

例えば芥川龍之介や谷崎潤一郎、川端康成はもちろん、井上靖がルーマニア語に訳されていたのには驚いたよ。現代作家だと川上弘美が人気で、最近で訳されたのは村田沙耶香の『コンビニ人間』（文藝春秋）と川上未映子の『夏物語』（文藝春秋）あたりだ。

それでも古典に比べると、最新の作品はかなり少ない。たぶん他の国もある程度はそうだろうけど、文芸翻訳家で日本に住んでいる人がおらず、つまり最新の日本文学を内部から知ることのできる存在がいないのだ。少ない情報も英語で得るしかないんだろう。

そんな状況のルーマニア文壇へと、俺の作品は「ルーマニア語で書かれる日本文学」としてデビューしたという感じだ。最新の日本文学を読みたいなら英語に頼るしかなく、情報をどう手に入れるかも分からないというルーマニアの読者にとって俺は日本から欧米にやってきたなんて、いわば逆黒船のように映ったのかもしれない。

更に俺はルーマニアではなく日本、しかも東京近郊に住んでおり（何度も書くが今までルーマニアには一度も行ったことがない！）、最新の日本文学を新刊も文芸誌も含めてリアルタイムで読むことができる。

そして何より重要なこととして、どうしてか俺はルーマニア語で書評も書ける。ということで二〇二〇年には〈LiterNautica〉で書評も連載していた。高瀬隼子の『犬のかたちをしているもの』（集英社）や新胡桃の『星に帰れよ』（河出書房新社）という自分が高く評価している作家の作品はもちろん、王谷晶の『ババヤガの夜』（河出書房新社）なんかは文芸誌で読んですぐ、単行本が出る前に書評を書いたり、好き勝手やらせてもらったよ。おそらく俺はルーマニアにおけるニッチを満たす存在として相当に重宝されているんだろう。

少し話が変わるんだが、俺は自身の境遇とは逆に、日本語が母国語ではない人々が書く日本文学に興味がある。

最近で言えば、セルビア出身の高橋ブランカや芥川賞も獲得した台湾出身の李琴峰といった作家の作品だな。なかでも最近気になるのがグレゴリー・ケズナジャットだ。アメリカ出身の彼は二〇二一年『鴨川ランナー』（講談社）という作品を出版したが、日本人と外国人の間をさまよう人々を独特の視点と文体で描き出した面白い一作だった。

彼は〈nippon.com〉のインタビューで自身の故郷であるアメリカ南部を舞台にした

次回作を執筆中と明かすんだけど、その作品が日本の文壇や読者に受け入れられるかに少し懸念を示しながら、こんなことを言っている。

「以前、シリン・ネザマフィ（二度にわたり芥川賞候補になったイラン出身の作家）の『白い紙』を読んで、日本ではなくイランを舞台としたことに感心しました。でも、芥川賞の選評で、この小説を日本語で書く必要はどこにあるのかという見解が挙がりました。読者の期待に沿わなかったのかもしれない。日本語〈越境文学〉に対し、〈日本における異邦人の体験を描いてほしい〉という要望があるように感じます」

これを読んだ時、かなり驚いたよ。だって『白い紙』への日本での反応やネザマフィへの期待は、ルーマニアにおいて「日本人ルーマニア語作家」、もしくはケズナジャットの言葉で言えば「ルーマニア語越境作家」である俺が求められてるものと真逆だったからだ。

というのは俺の場合、むしろルーマニアとは全く関係がない日本について、日本についてのみだけをルーマニア語で書いているというのが凄まじく評価されているのだ。だがこれはおそらく時代以上に、色々な要素も重なっているのだろう。

まず先述した通り、ルーマニアではかなり日本文学が読まれている。なのでそれらを読む時と同じ期待、もしくは異国趣味を満たすものを、俺の作品にも求めているのだ。

ネザマフィに関しては、ルーマニアの読者が日本文学にそうであるほど、日本の読者はイラン文学に造詣が深くない。だから精神的な距離が遠いものよりも「日本における異邦人の体験」という近いものを求めるのかもしれない。

日本はアメリカや西欧に比べ、外国人作家が少ないと言われる。だがそれ以上にルーマニアでは、公用語が同じくルーマニア語である隣国モルドバをルーツとする作家は多いが、それ以外の外国人作家がほぼいないに等しいのだ。少なくともアイルランド出身のフィリップ・オーキャリー（Philip Ó Ceallaigh）くらいしか思いつかない。日本も少ないがルーマニアは輪をかけて少ない、ゆえに「外国性」が期待される。

こう自分なりに分析していくと、最初は驚きながらも、いや結局日本とルーマニアで越境作家の立ち位置は似ているのでは?と考えが変わってきた。

つまり文壇が越境作家に求めているものが明確にあり、それを満たす作家こそが評価されているということだ。自分に関しては、まあゲタ履かされてるなという気が時々する。これについてルーマニアの人に尋ねるなら「いやいや、ゲタを履かせてる気はないよ」と言うだろうが、無意識のバイアスというものは存在しているんじゃないか。

そういった状況で、ルーマニア語で作品書いてルーマニアの文芸誌に発表していて思うんだよ。俺って今、磯崎新とかポストモダン時代の建築家みたいに、ヨーロッパっていう白人の帝国に対して、彼らが持つ日本もしくはアジアへの知的期待や異国趣味をいかに満たしながら、同時に翻弄するかというのを戦略的にやってんなって。それでいて彼らは日本文学でいえば基本的な古典はもちろん、谷崎潤一郎の『武州公秘話』や岡本綺堂の『半七捕物帳』とか俺ですら読んでない作品まで読んで、虎視眈々とこっちを解釈しようとしてくるんだ。だから魂懸けて戦わなきゃ一瞬でその知に呑みこまれちまうよ。

で、ここまで読んだ読者は、海外における日本文学受容に関して「いや、あの作家の名前出てなくない？」とか思うかもしれない。そう、俺はわざと名前を出してなかった。でもやっぱ語らなきゃいけないよな。

さて、外国語で小説書いて活躍したいってやつに忠告したい。

アンタが何をしても、たとえどんな小説を書いたとしても、まず間違いなく村上春樹に言及されるので覚悟しよう。読者からは「村上春樹を思い出しました！」と言われ、文芸批評家には村上春樹やその作品を絡めて批評をされ、インタビューされる際にも必ず村上春樹について尋ねられる。

村上春樹からは絶対に逃げられない。

そしておそらく小説を書ける頃には、その言語が母国語である小説家の友人も多くできるだろうが、彼らにすら村上春樹をこすられる。ぜひ覚悟をしておいて欲しい。

　ルーマニアにおける個人的な経験から言わせてもらうと、今までインタビューされた際には毎回村上春樹について聞かれた。あるインタビューで村上春樹について聞かれたので語ったところ、別のインタビューではその村上春樹についての言葉を深く読み解かれたうえで、更に村上春樹について聞かれたこともあるよ。

　ここでルーマニアにおける村上春樹受容について少し説明しておくと、デビュー長編の『風の歌を聴け』（講談社）から最新長編『騎士団長殺し』（新潮社）まで長編はほぼ全てルーマニア語に翻訳されている。そして一般読者への浸透率はすこぶる高く、日本文学というか文学が好きなら読んでる確率は相当ある。

　というわけで、俺がルーマニア語で小説を書いていると自己紹介をすると、「日本文学だと村上春樹を読みました！　実は今も『海辺のカフカ』を読んでるんです！」と言ってきたりする。今はもう正直開き直って村上春樹について積極的に語ってしまっている節があるが、そうするとまたルーマニアの人々から村上春樹について聞かれるという悪循環が生まれる。いやはや何とも複雑な心境だよ。

　そして何とも言えないのが、こうして村上春樹について言及するのは悪気があってのことではない、むしろ善意であったりすることだ。村上春樹って存在を生んだ日本文学って本当に素晴らしいですよね、そしてそんな文学を有する国の人がまさかルーマニア語で小説を書いているなんてすごい！と、そんな驚き混じりのピュアな笑顔が言葉の裏側から見えてくるような気分になる。

あと前にTwitterの俺のフォロワーさんの呟きで、津村記久子の『この世にたやすい仕事はない』（日本経済新聞出版）が英訳されていることに驚き、一方でEchoes of Haruki Murakamiという評が書かれているのに疑問を抱いた、なんてのを見かけたよ。つまりあの津村記久子ですら「村上春樹のような」って比喩に押しこめられてしまってると。

これなんかは、もう完全に海外における現代日本文学あるあるだよな。どんな小説も、まず間違いなく村上春樹と関連付けられる。これが世界文学の時代ってやつなんだよ。

さっき磯崎新とかポストモダン建築家について書いたけど、彼らのように海外で活躍する日本の芸術家が、戦略的に自分から日本を切り売りするような発言をする、というか姿勢を取る理由が、こういう状況では実感として理解できてくる。

毎回毎回日本について聞かれるのが、楽しくないとは言わないまでも、単純にしんどい。せめて受動的に聞かれて答えるではなく、自分から前のめりになって語るくらいの気概で行かないと、ノイローゼに陥る。

だから積極的かつ戦略的に、日本について語るようになるわけだ。俺も今や開き直って、よっしゃ村上春樹だについて何でも聞いてみんしゃい！くらいの心持ちになってるよ。だが最近映画の『ドライブ・マイ・カー』旋風で厭な予感して、「村上春樹について聞かないでください」って Facebook に本音を書いちゃった時もあるよ。末尾に lol ってつけて冗談っぽくしたけど、これは本音です。

　だがたとえ村上春樹から逃れられたとしても、俺の前に新たな影が現れる。

　その名は……村上龍！

　そう、ルーマニアでは村上龍も根強い人気がある。村上春樹がいけすかないと思う、俺のような天の邪鬼な人々に村上龍は読まれているのだ。『限りなく透明に近いブルー』（講談社）、『イン ザ・ミソスープ』（読売新聞社）、『エクスタシー』（集英社文庫）、『ピアッシング』（幻冬舎文庫）、『オーディション』（幻冬舎文庫）、更には『昭和歌謡大全集』（幻冬舎文庫）まで翻訳されてるんだから、ルーマニアの村上龍への関心たるや恐れ入るよ。

　俺の作品を村上春樹っぽいと言わない人は、代わりに村上龍っぽいと言ってくる。ミハイなんか、その一人だ。いや、村上春樹っぽくてかつ村上龍っぽいってどういうことだよ！と思ってしまうことしばしばだよな。

　みんなも海外で小説家として活動すると、二人の Murakami にとり憑かれる日々を送ることになるから気を引き締めときなよ。

5 師匠は高校生、そして九十代の翻訳家

高校生詩人・キラ君に教えを乞う

どういうわけか、彗星のごとくルーマニア文壇に現れてしまった日本人の俺。だがルーマニア語において完全なる異分子にとって孤独はつきもの。がむしゃらに進みながら、実際はいつだって途方に暮れてるんだ。でも大いなる灯火として、導きを与えてくれる師匠たちが俺にはいる。ネット越しにだとしても彼らの謦咳《けいがい》に接するたび、俺は何て幸せもんなんだって思うんだよ、本当。

俺、昔から詩が書きたかったんだよ。でも書き方が分からなかった。何回も書きたいと思ったのに、分からないままだったんだ。振り返れば、その不能感から目を背けるため、映画批評ブログとか、日記とか、詩とは別の様式の文章を書きまくっていた。

で、ルーマニアではその詩とは別の様式の文章、つまり映画批評だとか小説のことをまとめてprozăって呼ぶ。日本語に訳すとするなら「散文」だろう。今までずっとこの散文ってやつを書いてきたんだけど、俺にとって、この営みとは分からないものを分かろうとする過程だった。例えば性差別とは、人種差別とは、暴力とは、そして日本とは一体何なのか？　なぜルーマニア語で作品を書いているのか、俺の人生の意味って？とか。

だけど、もしこの過程においてある問いに関して「理解した」と思ったとしたら、それは幻想だと確信している。だから俺にとって重要なのは理解し続けようとすること自体なんだ。それでも「理解しようとする」っていうこと自体が「白黒ハッキリさせようとする」ってのと同じだ。これを延々と、永遠と続けていると、例え答えは出すことがないとしても、世界に対する姿勢として正しいのか？と思えてくる。この問いに直面した時、精神や言葉が緊張するのを感じた。

で、ここで現れたものがpoezie、つまり「詩」だった。そして俺に言ってくるんだよ。

「詩を書きたいなら、小説や批評ばっか読んでないでちゃんと詩を読め！」ってね。ということでその日から俺は図書館に籠もって、片っ端から詩集を読み始めたんだ。

　ノートを読むなら、その時、俺が読んだ詩集が何かは全てが記録されてる。例えばオクタビオ・パス、ファン・ヘルマン、ピエール・ルヴェルディ、マーサ・ナカムラ、金子光晴、辻井喬、石原吉郎、チャールズ・ブコウスキー、ジェフリー・アングルス、金永郎、サラ・クロッサン、金光圭、フォルーグ・ファッロフザード、クィントゥス・ホラーティウス・フラックス、ヤン・コハノフスキ、朝倉勇、ペリーヌ・ル・ケレック、大崎清夏、バルソル・ホッジャ、ハン・ガン、古川智教、そして万葉集収録の読み人知らずな東歌の数々。彼らの詩の数々は間違いなく俺の糧になっていった。

　なかでも谷川俊太郎への衝撃はすごかった。国内外これだけ読んでも最後には谷川に回帰してしまう。そういう凄みに満ちた魅力がある。

　谷川は世界で最も「現実への解像度」を自由に調節できる詩人だと思う。俺たちの日常とその頭上に広がる宇宙を滑らかに繋ぐ詩だ。詩集『二十億光年の孤独』（集英社文庫）にはそんな詩がたくさんあるけど、読んだ頃はちょうど宇宙物理学にも嵌まっていたから、そこに言葉で重力波を捉えようとするような崇高さと切実さを感じて感動した。

　彼は人間の目と、ハッブル宇宙望遠鏡の目を同時に持てる。だから谷川は国語の教科書にも載る類いの親しみ深い詩、大人でも読むのが怖くなる宇宙の果てみたいに美しすぎる詩、時には「定義」に収録される不気味な怪文書のような詩の間を自在に行き来できる。本当に、無二の詩人なんだ。

だけど俺にとって真に重要だったのは「日本語で詩を読む・書く」じゃなくて、かといってもっとシンプルに「詩を読む・書く」でもなかった。

つまり「ルーマニア語で詩を読む・書く」ことだったんだ。

ここでいよいよ、俺の師の一人であるトニ・キラ（Toni Chira）先生に登場してもらおう。

俺が初めてその詩を知った時、キラ先生は当時まだ十七歳の高校生だった。ピチピチ。若いとも言えないんだけど、オッサンと言うには貫禄がない中途半端な俺には、眩しすぎる存在だ。彼は詩集の出版なんかはまだなんだけども、ルーマニア各地で開催される音楽フェスならぬ詩のフェスに引っ張りだこだったり、将来を嘱望されるルーマニア語詩人として注目を浴びたりしていた。フェスではいつだって最年少くらいの本物の「新人」だよ。俺が彼の作品を読んだ時、説明するのは難しいんだが、まず純な若さがあるって思った。大地に芽吹く新芽のそれだよ。触れているだけで、こっちの心まで若返ってくる気がしたんだ。もっと大それたことを言ってもいいなら、俺はここに未来があると思ったんだよ。たぶん師とするならもう詩集を出版している、正にルーマニア語詩の今とも言える人物たちを選ぶべきだっただろうね。例えばクラウディウ・コマルティン（Claudiu Komartin）や、ラドゥ・ヴァンク（Radu Vancu）、スヴェトラーナ・クルステアン（Svetlana Cârstean）といった面々だ。

だが俺は現在の更に先にある未来にこそ、学ぶべきだと思ったんだ。だから俺は彼にFacebookを通じて、ぜひとも弟子入りがしたいというメッセージを送った。彼はどこの馬の骨とも知れない極東の馬鹿野郎に対しても優しく応対してくれたよ。最初は彼自身、何故自分に弟子入り？って感じだった。だがそこはさっき書いた「ルーマニア語詩の未来」についての話をしたら納得してくれるとともに、教えることも了承してくれたよ。その器のデカさには、タブレットに向かって不健康に曲がってた俺の猫背もピンと伸びたよ。そこから俺はキラ先生に学ぶことを始めたんだ。

読むべきルーマニア語詩人

まず彼は俺に対して、読むべきルーマニア語詩人を二人教えてくれた。

一人目が、ミルチャ・イヴァネスク（Mircea Ivănescu）だ。一九三一年生まれの彼はルーマニアの戦後詩を代表する詩人であり、更にはジェイムズ・ジョイスやF・スコット・フィッツジェラルド、フランツ・カフカといった英語・ドイツ語文学をルーマニア語に翻訳してきた文学的大家でもある。今のルーマニア語詩人で彼の影響を受けていない人物はいないとも言われるほどだ。

モダニズム文学の翻訳者で、且つ戦後のポストモダン期を代表する詩人と言われながらも、詩に工夫が凝らされているという印象はあまり抱かない。むしろ全てが素朴だ。過度のレトリックのない文体は、夜や砂浜など平凡で親しみやすいイメージを描くが、それらが繋がっていくにつれ技巧がこねくり回されるでなく、単純に繋がっていく。しかしそこに浮かぶのは時の経過によって変貌する町の風景、それをめぐる過去の思い出の数々だ。読んでいると失われていくものたちへの濃厚な愛惜、そして一種のメランコリーによって驚くほど胸が締めつけられる。

二人目はユスティン・パンツァ（Iustin Panța）だ。一九八九年のルーマニア革命後、その先進的な詩によってルーマニアで最も有名な詩人としての名声を謳歌した人物だ。二〇〇一年に交通事故によって若くしてこの世を去りながら、今でも「永遠に若き詩人」と呼ばれルーマニア国民から親しまれている。

パンツァの詩の大きな特徴は散文を多用するという点だ。九〇年代にはprozopoem（プロゾポエム）と呼ばれる詩と散文の合間を行き交うようなスタイルが流行していたのだが、パンツァはその代表的な存在なのだという。

詩といえば、詩人それぞれの思考に従って次々と言葉が切られ、バラバラになっていく、あの様を読むのが一つの醍醐味でもあって、俺の場合はより細かく刻まれた言の葉ってやつを読むのが好きだ。でもパンツァの作品においては、そこにふと散文が異物として投げこまれる。それは言の葉どころか言の流れになっている。とはいえ完全な散文ではあり得ない。それはいつしかまた言の葉へと戻る。

こういう風に言の葉と言の流れを行き来するなか、二つは相互に影響を与えあって、またとない形で融合を遂げる。こうして説明するにはどうにも曖昧微妙で、謎めいた雰囲気が醸造されていくんだ。彼の作品を読むと、言葉の魔術にかけられるような気分になる。そして彼の作品に見られる、突然の転調ともいうべき、詩と散文との切り替えがとても興味深い。

で、キラ先生の導きに従って、俺は彼らの詩を自分なりに日本語へと翻訳していったんだ。キラ先生が繋いでくれた二人のルーマニア語詩人、彼らの作品をいかに自分の言葉に訳していくか。これは必然的に重圧がかかるデカい経験だった。どこかの雑誌に掲載するわけではもちろんなかったが、それでも大いなる責任というのを俺は感じた。もしかするなら、このルーマニア語詩が日本語になるって歴史上初かもしれない。そんな重大なことを成すんだから、気を引き締めに引き締める必要があった。この責任、日本とルーマニア合わせた国土よりデカいよな。

でもこの責任が俺の精神そのものにのしかかるなかでこそ、言葉が磨かれていくのを感じたんだ。そして「こうやるんなら、ルーマニア語で詩が書けるんじゃあないのか？」という思いが、新芽のように少しずつ萌え出づるってわけだよ。

シオランのオマージュで怒られる

そしてこの経験をバネにして、俺はルーマニア語で詩を実際に書いてみたんだ。まだ習作レベルのやつなんで、ここに載せるのは勘弁してほしいけどね。

で、キラ先生に読んでもらうんだけども、かなり容赦のない厳しい添削を毎回してくれたんだった。

動詞の活用形が間違っているとかスペリングを誤っているとかそういう部分はもちろ

んなんだけど、ここにこの言葉を配置するのは甘い考えだということもマジに指摘してくる。読者の反応に依存するような手緩《てぬる》さがある、それゆえに独自性が全くないみたいなね。

添削する時はもう全力だよ。時々誉めてくれる時もあるっちゃあるけども、全体的にスパルタで、中学時代の国語教師を思い出したね。怒る時に「これはただ声のボリューム上げてるだけで、怒ってないから」って言ってる、マジで怖い男だった。キラ先生の言葉自体は冷静でかつ明晰なんだけど、タブレット越しに幻聴って感じで聞こえてくる声は大きくて威厳があった。鼓膜も脳髄も震わせるような力強さがあるんだよ。ルーマニア語でフランクな物言いと敬語では語尾が明確に違うんだ。彼は敬語使ってくるんだけど、その語尾のți（ツィ）がね、相当重みあるんだよな。

あるとき、俺が詩を書くにあたって、最も影響を受けていたのがエミール・シオランだった。その生涯を通じて世界に呪詛を吐き続けた、ルーマニア生まれの反哲学者。生まれてきたことの苦痛を滔々《とうとう》と説いてきた反出生主義者。今もその陰惨な言葉を日本語で引用するTwitterのbotアカウントに二万人近いフォロワーがいる、時代越えた陰キャ。俺も彼の呪詛には深く影響を受けてきたよ。

それで彼の著作に『生誕の災厄』（紀伊國屋書店）ってイカした題のものがあって、このルーマニア語版タイトルの《Despre neajunsul de a te fi născut》を、まあオマージュって感じで詩のなかに入れたんだよ。理由なんて、本当、カッコいいからくらいのやつだった。

で、この詩をキラ先生に見せたら、今までで一番痛烈に批判されたんだった。特にこのDespre neajunsul de a te fi născut って言葉に関しては、当然シオランの著作からの引用とは見抜いたうえで、そのオマージュがいかに軽々しいかを指摘されたよ。読者が容易に分かる形で引用を行い、ウケを狙いたいって作為が見え見え。ここに来てあなたの読者への慢心、そして手緩さが極まったなってくらいの激しい批判だった。

これを読みながら、背中から冷や汗が止まんなくなっちゃったね。Facebook 上の文字にすら貫禄、宿ってるよな。紫色だよ。平安時代に一番尊かった貴族が身につける紫が液晶から見えるんだよ。そういう短歌名手の貴族にバキバキに批判される感じだったよな。正直この批判に関しては思い出すだけでも凍てついた汗が出てくるから、メッセージや Facebook のポストも見返せないよ。安易なオマージュとかは今後一切止めようと心に決めたのは当然だが、シオランの引用というのを一発で見抜いた知性や妥協を許さない厳しさに、キラ先生への畏敬の念はより深くなったよ。

最近はキラ先生の方がどんどん忙しくなっていって、以前までのように添削してもらうというのはあまりなくなった。だが、小説家や詩人として日本語とルーマニア語を股にかけてやるって決意を込めた俺の詩が〈OPT motive〉という文芸誌に掲載されてルーマニア語詩人としてデビューした時には祝福の言葉を送ってくれた。キラ先生への敬意はずっと心にあるよ。

詩にしろ小説にしろ、面白いものに出会うと、「この人を俺の師としよう！」と私淑してしまうことがよくあるんだ。そんな時はキラ先生にコンタクトをとったみたいに、とりあえずメッセージを送ってみる。そういう縁で、俺のFacebookにはラモナ・ボルディサル（Ramona Boldizsar）や、オリヴィア・プトゥイェル（Olivia Puryer）という、俺の作品にアドバイスをくれて勇気づけてくれる先輩も多くいる。この場を借りて、心から感謝したい。

それでも実際に俺を弟子としてくれて教えを直接授けてくれたっていうのは、キラ先生くらいしかいないんだ。十歳以上年下だが、唯一「先生」と呼ぶ存在なんだ。

先生、これからもルーマニアから俺や俺の詩を見守っててほしいよ。

もう一人の師匠は九十代

キラ先生に並ぶ、もう一人の師匠がいる。ルーマニア語の翻訳家、住谷春也さんだ。俺にとってはマジで神に近い存在だよ。

何てったって日本にはルーマニア文学の翻訳者は二人しかいないんだ。その二人が、ミルチャ・エリアーデやミルチャ・カルタレスク、ザハリア・スタンク（Zaharia Stancu）、というルーマニア文学史の偉人の作品を、半生を懸けて日本語に訳してくれたんだ。もう一人のルーマニア文学者である直野敦さんと住谷さんがもし日本に生まれてなければ、ルーマニア文学を日本語で読むことは絶対にかなわなかった。

これがどれだけの奇跡か、皆さんには分かるだろうか。住谷さんは本当、日本でのルーマニア文学受容における古豪で、そういうわけで俺にとっちゃ神に近い。

読者の皆さま方に、俺が今まで住谷さんのおかげで味わってきた、僥倖としか言い様のないものを共有していきたい。そうすることで新しい何かが、日本におけるルーマニア文学受容史に起こるかもしれないって、そう期待しているからだ。

振り返るなら、俺が「ルーマニア文学者の住谷春也」という存在をまず最初に意識したのは、ミルチャ・カルタレスクの『ぼくらが女性を愛する理由』（松籟社）を読んだ時のことだ。

それまでルーマニア文学といったら、ミルチャ・エリアーデって作家くらいしか知らなかった。彼は生前はノーベル賞候補でもあった有名作家なんだけど、昔の俺は作品のどれかは読んだことあったか？って程の薄い印象しか持っておらず、だから彼がルーマニア人作家であったことは殊更認識することがなかった。しかも当時は翻訳者に意識が向くというのもなかったんで、その翻訳を住谷さんがしていることを全く知らなかった。今考えると当時の俺の目は節穴すぎて爆笑レベルだよ。

だがそんななかで、俺は松籟社の「東欧の想像力」シリーズに出会ってしまった。これは古典から現代作品まで、そしてチェコ文学からルーマニア文学まで多種多様な東欧文学を集めたシリーズだ。ここには大文字の文学史から遠く隔たった未知で溢れていて、シリーズを読破した末に東欧文学というやつにどっぷり嵌まってしまったんだよ。そしてシリーズ最新刊を待ち望んでいた時、この『ぼくらが女性を愛する理由』が刊行されたんだった。もちろんワクワクしながら読んだんだけど、でも正直よくわからなかったんだ。筋もつかみづらいし、この本は一体なんだ？という疑問に絶えずつきまとわれるような読書体験だったよ。

実を言うなら、今作に関しちゃ住谷さんが執筆した作品解説の方が印象に残っているんだ。第一次と第二次世界大戦の狭間にルーマニア文学は黄金時代を迎えながら、戦後、社会主義政権の勃興でそれは終わりを告げ、暗黒期が到来する。

しかしそんな息詰まる時代にこそ文学的素養を育んでいき、密かに流通していた西側の文化、特にアメリカ文化に影響を受けながら、小説や詩を紡いでいたのが八十年世代と呼ばれる存在、その筆頭こそがカルタレスクなんだと。

住谷さんが書いたたった五ページの解説にはルーマニア文学の二十世紀が凝縮され、俺はこれを読んで「ルーマニア文学史」という言葉を初めて実感あるものとして感じたんだった。社会主義だとかニコラエ・チャウシェスクだとか、そういったものへの理解が全く欠けていた当時の俺だったが、この本からルーマニアという国を意識しだした。

その後、俺は《Polițist, Adjectiv》という映画に出会うことで、ルーマニアとルーマニア語に深い関心を持つことになり、ルーマニア文学を意識的に読んでいくことになる。例えばザハリア・スタンクの『はだしのダリエ』（恒文社）や『ジプシーの帆馬車』（恒文社）に、リビウ・レブリャーヌ（Liviu Rebreanu）の『大地への祈り』（恒文社）という、住谷さんと直野敦さんが訳したルーマニア文学の古典を読んでいった。

今も、こういう古典の数々を再訪しているんだが、何度読んでも発見があるよな。ここで特に印象に残ったのはスタンクの『ジプシーの幌馬車』だ。血《ち》腥《なまぐさ》い戦争と過酷な環境、そして何よりルーマニアという国そのものによってじわじわと虐殺されていくロマの一団の姿は、より胸に迫るものとなっていた。

ヨーロッパにおいては独自の倫理観や文化に従い生きるロマは完全な異分子であり、ゆえに差別の対象となってきた。二十世紀中葉、ナチス支配下のヨーロッパでその差別の勢いは最高潮に達し各地で大量虐殺が勃発する。ルーマニアでも多くのロマがほとんど遺棄と言うべき強制移住の後、命を落としていった。この様が一つのロマの共同体を通じて描かれていたっていうのが、歴史を学んだことでハッキリと分かってより印象的になったわけだ。

スタンクの筆力も鬼気迫るものがある。今作はこんな文章で始まる。

> ヒム族長は食べ終わった。酒も終わった

描写を切り詰めに詰め、最後に残った剥き出しの現実、もしくは事実を提示するのみのこの短く、凄みある文章で『ジプシーの幌馬車』という壮絶なる物語は幕を開ける。

例えば、小説の教則本には「読者の注意を惹くために冒頭にこそ力を入れろ！」なん

ていう浅薄な言葉が並んでいて、それに惑わされた人々が、冒頭を書き出せないと頭を抱えるって、そういう馬鹿げた状況をよく見かける。スタンクはそんな苦悩とは全く無縁に、堂々とただ事実のみを提示し、物語を始めた。

そしてあの冒頭には剥き出しの生を全うせんとする、生命力漲るロマの姿が刻まれている。だが以後、彼らは自分たちへの憎悪に満ちたルーマニアという国によって絶滅へと追いやられる。そこであの即物的な文体は、今度は剥き出しの死が彼らを狩り取っていく様を描きだす。

「ヒム族長は食べ終わった。酒も終わった」とは今在る鮮烈な生を描きながら、同時に荒れ果てた死をも予告している。表面上はすこぶるそっけなくも、その実複雑極まりないこの文章に、曲がりなりにも小説家として活動してきた俺は深い感動を覚えるんだよ。

そして俺はルーマニア語で小説家になるが、その数ヶ月後に日本でギョルゲ・ササルマン（Gheorghe Săsărman）というルーマニア人作家、彼の短編集『方形の円　偽説・都市生成論』（東京創元社）が翻訳出版されるのを知る。

俺は思わず興奮したよ。ルーマニア文学が日本語に翻訳されるなんて数年に一度の事件レベルだったのが理由の一つ。だがそれ以上に、俺がルーマニア語作家としてデビューしてから初めての邦訳だったし、感慨もひとしおだった。それで興奮そのまま日本とルーマニア両方の友人にそれを伝え回ったわけだよ。そしたら『方形の円』を出版する東京創元社の編集者の人からメッセージが届いたんだよな。そこには、俺がルーマニア語で作家活動をしているのを住谷さんが知っているっていう、マジで信じられないことが書かれており、驚愕を通りこし呆然としちゃったよ。

あまりにも畏れ多く、とにかく慄然としたのを昨日のことのように覚えてるよ。

しかし驚きは続く。更にその数ヶ月後、Facebookを通じて住谷さんから友達リクエストが届いた時には、本当に脳髄をしたたか打たれるような衝撃を受けたよ。ここまでの脳髄への衝撃はそれこそ《Polițist, Adjectiv》以来だね。

畏敬の念で横隔膜が痙攣するのを感じながら、俺はほとんど礼状みたいな文章を彼に送ったんだ。するとこれまた礼状のような文章が返信として返ってくる。ずっと年下の人間にも礼節と敬意を欠かすことがない。これには呼吸困難レベルの衝撃が、心を温かく満たすような感動に変わったよ。

それどころかメールアドレスも教えてもらった末、ネットを通じて住谷さんと文通するようになった。ルーマニアに関する俺たちの経験を共有するのはもちろん、ルーマニアの演劇文化、ルーマニア語とラテン語の関係性とか様々な話題について語って、ある時なんかは俺の方が二〇二〇年代のルーマニア文学について住谷さんに教えるなんてこともあった。いや、こういう豊かな会話は今でも現在進行形で続いているよ。俺にもたらされているとは到底信じられない僥倖、いつだって夢見心地だよな。毎日がエイプリルフールって感じだ。

　俺は一九九二年生まれ、住谷さんは一九三一年生まれと、孫と祖父という程に年齢は離れているが、ルーマニア文学、ルーマニア映画についてここまで語ることのできる存在は日本とルーマニアを股にかけてすら、ほとんどいない。しかもそれを日本語で話せるんだから、唯一無二の経験だよ。

　俺にとって住谷さんは師と形容するのも憚られるほど偉大な人物だが、それと同時に、ルーマニアについて日本語で縦横無尽に語りあえる親友の一人という気もしているんだ。なかでも忘れられない出来事は、その時ちょうどルーマニアの文芸誌〈LiterNautica〉に掲載された〈Japanese Lives Matter〉という作品を読んでくれたこと、そればかりか住谷さんが「改めて希有の才能に感じ入りました」という言葉を送ってくれたことだ。

　これは俺にとってはあまりにも大きすぎる讃辞だった。この感動は日本語じゃもちろんのこと、ルーマニア語ですら言葉にするには美しすぎるものとなって、俺の心のなかで輝き続けているよ。

　この出会いは間違いなく俺の手には負えないくらい素晴らしい出会いで、ルーマニア語小説家としての決意を新たにしたんだった。

この後も俺たちは定期的に交流を続けていたんだけど、住谷さんがミルチャ・カルタレスク随一の傑作として名高い『ノスタルジア』(作品社)を翻訳すると聞いた時には、興奮せざるを得なかった。住谷さんのご厚意で、俺は翻訳原稿を見せてもらい、意見を送る予定だったんだ。

だけどこの時、俺の体調はすこぶる悪く、病院へ行ったらそこで腸の難病であるクローン病と診断されたんだよ。人生最悪の時だったね。下痢と腹痛のせいでしばらくの間は自宅で絶対安静はもちろんだけど、さらに毎日薬十錠以上飲まされるわ、一生続く厳しい食事制限が始まるわ、難治性痔瘻を処置するためケツの手術だわ、もう踏んだり蹴ったりだった。

こんなんだから意見を送れるような状態じゃあなく、住谷さんの偉業に少したりとも貢献できなかったことは、今でも悔やんでも悔やみきれない思いだ。しかしその時ですらも、やっぱり住谷さんから励ましの言葉をもらえたよ。他ならぬ俺自身が偉業を成し遂げた唯一無二の存在で、これからもそれを成し遂げていくのだから、今はゆっくり休んでくれってさ。本当に嬉しいことだった。

そして、三十歳になる前にルーマニアで本を出すと宣言した際にも、熱い激励のメッセージをもらったよ。「なみならぬ決意の披瀝に接して、感動しています」なんて言葉を受けた俺の方が、死ぬほど深く感動したんだ。住谷さんから背中を押してもらったってそんな心地でいる。俺はマジで住谷さんの言葉に何度も何度も勇気づけられていると、本当にそう思うんだよ。住谷さんの支えがあってこそ、俺は日本語で、そしてルーマニア語で小説や詩を書いているとそう確信しているんだ。

つい先日、俺の家にある本が送られてきた。それは住谷さんが執筆した『ルーマニア、ルーマニア』（松籟社）という本だった。これは彼が今まで翻訳してきたルーマニア文学、その巻末に収録されていた解説や、ルーマニア文学史にまつわるエッセイを一つにまとめた本なんだ。

だからつまり、ここには住谷さんの四十年以上に渡るルーマニア文学者としての人生が詰まっているんだよ。これがどれだけスゴいかってのを、ルーマニア文学が分かる人じゃないと十全に分かってくれないっていうのが歯痒いよ。俺にとってはルーマニア文学史に燦然と輝く先人の歩みを読むことに他ならないんだ。彼以前にはそもそも存在すらしなかった道を創りあげ、先へ先へと切り開いた稀なる偉人の歩みをね。だから感動はもはや必然なんだ。もう既に何度も何度も読んでいるが、少しだってそれが色褪せることはないんだ。これを読みながらルーマニア文学史の悠久たる流れを味わうとともに、俺はある事実にも向き合うことになる。俺の人生と住谷さんの人生があまりにも違うこと、それはつまり俺と住谷さんの見ているルーマニアはまた大きく違うってことだ。

ルーマニアは人々を抑圧した社会主義政権が悪名高くて、その果ての一九八九年に起こったルーマニア革命や、独裁者ニコラエ・チャウシェスクの処刑をテレビで観たっていう人も中にはいるかもしれない。

でも俺が生まれたのは革命後だから社会主義政権は既に崩壊していて、さらに興味を持った二〇一〇年代以降にはＥＵへ加入して、計画経済から市場経済への移行を果たそうとしているって時期だった。

逆に住谷さんは一九三一年生まれで、その頃のルーマニアは社会主義政権ですらなかった。そして彼が興味を持った時期は社会主義真っ只中という感じ。約六十年という生まれの差は、当然だがルーマニアへの見方にも大きな差異をもたらす。

ゼロ年代以降のルーマニアには特に映画とFacebookを通じて馴染みがあるけども、住谷さんが正にリアルタイムで味わっていた社会主義真っ只中の戦後期、さらにそれ以前のルーマニアは正直全然知らない。だから住谷さんが書いている文章を読むのは、俺が生まれてもいなかった時代のルーマニアをめぐる旅でもあった。

特に一九八九年勃発のルーマニア革命、このルーマニア現代史の分水嶺に住谷さんが立ち会っていたっていうのは驚きだよ。『ルーマニア、ルーマニア』には革命に巻き込まれた住谷さんが見た風景に関するエッセイも収録されていて、当時の空気感や住谷さんの息遣いが伝わってくるんだ。

こうやってルーマニアの激動をその目で見てきた住谷さんと、千葉の片隅で引きこもってる俺。マジで状況が違いすぎて目眩がしてくるほどだった。

そうやって圧倒された後に、俺の視線は自然と本自体に注がれることになるんだ。この本は表紙には黄、帯には赤が使われているんだが、それらはルーマニア国旗に使われている色だ。鮮烈な彩りを纏ったその本を手に取ると、住谷さんの人生と長きに渡るルーマニア文学史が、俺の肉や骨にずっしりとのしかかる。他の本とは重みの質が全く違うっていうのを、俺の肉体だけじゃなくて、その奥にある心すらも感じているんだ。

こうなったらもう俺と住谷さんの人生が違いすぎるからって、落ち込んでる暇なんかないって思わされるね。

そうなんだよ。俺が感じるのは、住谷さんからバトンを渡されたということなんだ。彼が積みあげてきたルーマニアと日本、いやそれ以上にルーマニア語と日本語の豊かなる関係性を、さらに前へと進めていくってそんな使命を、住谷さんから託されたような気がしたんだ。

アイザック・ニュートンは「自分は巨人の肩の上に乗る小人である」という言葉を、手紙に書いている。自分は偉業を成し遂げたかもしれないが、それは先人の積み重ねてきたものに支えられてこそであり、自分は先人の巨大さによって高く引き上げられているに過ぎないと。

俺も正にそんな感じなんだ。エリアーデやスタンク、レブリャーヌ、ササルマン、カルタレスク、そんなルーマニア文学における巨人の肩に乗っているのはもちろんのこと、彼らを日本に紹介してくれた住谷さんたちの、大きな大きな肩の上で、俺は自分なりに想像力を育み、創造を行ってきたんだよ。

これに関しては感謝してもしきれないほどだけど、俺は日本語とルーマニア語で書き続けることによってこそ感謝を続けていきたいと思っている。

ここに終わりはない、終わりは在ってはいけないんだ。

一生を懸けて感謝し続ける、これこそが住谷さんに捧げるべきものなのだと俺は思っている。

今、傍らには住谷さんがまた別に送ってくれたマリン・プレダ（Marin Preda）という作家の本《Viața ca o pradă》がある。それを読みながら、これからまた粛々と、俺だけが書くことのできるものをひたすら書いていきたい。

6 日系ルーマニア語は俺がつくる

俺のルーマニア語は本物？

「この言葉はちょっと間違っているね」

「この表現はこっちに変えた方が分かりやすいよ」

ルーマニア語で色々書いていると、ルーマニアの人からこういうコメントをもらったりする。非ネイティブとしてルーマニア語を学ぶうえで、どれだけ勉強したり書いたりしても間違いは運命付けられている。だからコメントくれたり訂正してくれたりするのはありがたいよ。

だけど、時々モヤモヤする時もあるんだ。この言葉や表現はルーマニア人は普通は使わないとか、そういう意見にね。

それからある単語の使い方を知りたい、どういう状況でこの単語を使うかみたいなのを俺がFacebookで聞いた時に、こういう意見をもらった。そもそもの話として君が挙げている単語は今はほとんど使われていない。君の使おうとしている単語はどれも私たちの実際の生活とは乖離しているものばかりだ、云々。

まあ、確かにルーマニアで実際に生活するならルーマニア人が日常使いする言葉を使える必要があるのは分かるし、書くという場合においても役所の書類などを書くにはフォーマルなルーマニア語を使う必要がある。

例えば俺がMessengerとかでよく使うafurisit de mișto（悪魔的なまでにクール）なんて言葉をそういう状況で使ったりしたら品性を疑われるだろう。

だけど俺は、そういう「正しい」ルーマニア語みたいな概念にもモヤモヤを抱いてしまう。

これを日本に置き換えてみる。外国人の喋る言葉が文法的に間違っているだとか、日本人の使用法とは乖離しているということで「カタコト」として扱われ、そしてその言葉がカタカナで表現される、みたいなことと重なるんじゃないか。

逆にその「カタコト」が可愛らしいなんて評価する向きもあるが、それはそれで誉めているように見せかけて馬鹿にしているとしか思えない。だからルーマニアの人々が俺の言葉を訂正してくれたり、使用法についてアドバイスをくれたりするというのはもちろん嬉しいが、微妙な気分になることもよくあるわけだ。

俺の場合は、外国の人々が使う言葉には日本語の新しい可能性があると感じることが多いのでよくメモを取る。例えば「ほぼのお店」とか「冷静的だった」みたいな言葉は、直感的に何か間違っているなと思う。しかし彼らは日本語を学んでいった過程で、その帰結としてこの表現に辿りついたという側面もあるはずだ。ではなぜここに至ったのか、それは母国語の影響か、もしくはその背景に日本語へのどんな理解があるのか。こういうものについて考えを巡らせることがよくある。

俺にとって、これらは間違いじゃあない。日本語の一分岐だと思うんだよ。外からの作用によって日本語が枝分かれしていく結果、生まれた言葉なんだ。だから俺はここにこそ新しい可能性を感じてしまう。それで響きがいいと思ったのなら、これを見た日本人に「それ間違ってるよ」と指摘されるだろうというのは承知で、自分でも使ったりすることがあるんだった。

そしてこういう言葉と同じような、新しい可能性というやつを感じさせる日本語を、日本の若者たちも作ってる。

なかでも俺が一番好きなのが「永遠と」という言葉だ。どうして「延々と」が「永遠と」になってしまったんだろうか。これについて考えると胸が高鳴る。何より響きがいい。「永遠と」なんて、これだけで詩じゃないか。おそらく俺と同じような考えをした人々が、この言葉を「延々と」の代わりに使い始め、徐々に広まりだしたんだろう。そして衆目に触れることで間違いとも言われるようになった。

俺としてはこういう言葉が間違った、もしくは奇妙な日本語として駆逐されるのは惜しい。留保とともに考察され、そして正しいとされる日本語とともに共存していってほしいと願っている。

あと、いつだかTwitterでこんな文章を見かけた。「ルーマニア語では〈死ぬ〉をa muriと言うらしい、日本のオタクが何かに感動しすぎた時に〈あ、無理、無理、無理！〉って言うけど、それってルーマニアの人には〈死ぬ、死ぬ、死ぬぅ！〉って言ってるように聞こえるのかなあ……」。そんな感じだ。

結論から言うと、たぶんそうは思われない。実際に**a muri**は「死ぬこと」という意味、英語でいう不定詞みたいな言葉であって、文章のなかでこれをそのまま使う時は結構少ない。あえて訳すとしても「死ぬこと、死ぬこと、死ぬこと」みたいになる気がする。
だけど文法的に間違ってるからといって、これはダメだと断じる気はないよ。むしろ日本語とルーマニア語が予期せぬ形で繋がりあい、新しい何かが生まれたと感動してしまう。

「延々と」が「永遠と」へと姿を変えたこと、そしてルーマニア語で「死ぬこと」はa muri と書き「無理」という言葉と偶然組み合わさり muri muri muri なんて文字列が日本人にとって別の意味合いを持つこと。ここに日本語の新たな可能性を感じるんだよ。日本語はまだまだ進化していくってさ。

俺としては、言葉というのは生まれてそこに存在する以上、必ず何らかの意味があると思える。だからこそ、新たな言葉に意味を見出し、そこに価値を創造するためだけにこそ作品を書いたっていいと、そう思うんだ（ところで、この本のなかで「永遠と」って言葉を実際に使ってるの、気づいた?）。

俺のルーマニア語は先に挙げた二つの言葉のように、普通は間違っている、もしくは不自然だと思われる類いのものだと思う。でもその一方で可能性をも宿しているんだと。

いや、自分で自分の外国語には新しい可能性があるなんて言うのは傲慢以外の何物でもないとは思うよ。もっと謙虚にルーマニアの人々のアドバイスを聞いて、研鑽していくべきだろう。それに実際は、新しい可能性に見えるかもっていうのも、俺がルーマニア語の非ネイティブだから言葉の使い方が「普通」と違うゆえ、必然的に新しく見えざるを得ないという後ろ向きな理由だ。

それでも言葉を扱う芸術家を自負するのならば、そういう正しさを普通に迎合するというのは、野心的ではないと思ってしまう。俺としては誇りを持って、これはオルタナティブな、また一つのルーマニア語なんだということを宣言したいって思いにも駆られるんだ。少なくともこれは間違いではないと。

だがただそう間違ってませんと言うだけでは不十分だ。ここには名前が必要だ。そして俺の考えを一つの概念へと昇華する必要がある。

そんな俺のもとに天啓さながらに降ってきた言葉が「日系ルーマニア語」という言葉だった。「済東鉄腸のルーマニア語」だって別に構わない。だが俺としちゃ、これをより堂々とした、大いなる概念として提示したいという思いがあった。で、この「日系ルーマニア語」なわけよ。だが日系ルーマニア語を作りあげていく前に、やらなくてはいけないことがある。この言葉をルーマニア語に翻訳するということだ。

このヒントをもたらしてくれたのはCentrului de Studii Româno-Japoneze “Angela Hondru” という施設だ。訳すなら「アンジェラ・ホンドゥル・ルーマニア日本研究センター」って感じだろうか。アンジェラ・ホンドゥルって人はルーマニアで最も有名な日本文化研究者かつ日本文学の翻訳者だ。村上春樹、三島由紀夫、円地文子、岡本綺堂までもルーマニア語に翻訳していて、最近でも新たに宮本輝の『春の夢』を翻訳し、講演なんかもバリバリこなしている。そんな偉大な人物の名を冠した日本文化研究の中心地がこのアンジェラ・ホンドゥル・ルーマニア日本研究センターなんだ。

　ここには俺の友人たちも多く在籍しているし、発信される日本にまつわるルーマニア語の記事は、俺が日本を再発見するための縁として役に立ってくれている。そうやって前からずっとこの施設については知ってたんだけど「日系ルーマニア語」の翻訳を考えている時に、ふと目が入ったんだ。

　施設の名前のRomâno-Japonezeという部分。これを見たその時、マジでバッと閃いたんだ。これは俺にとっての「エウレーカ！」だよ。

　これに関しちゃ、たとえ込み入った話になろうとも、俺としては自分のなかで言葉が爆誕した、あの瞬間について説明したい。Româno-Japonezeが俺の頭のなかでどんな変化を経て、「日系ルーマニア語」を指す、あるルーマニア語にたどり着いたか。ほら、ポピュラー・サイエンスの本で科学者が「ここでは少し数式を出さざるを得ず難解になるが、少し我慢して読んでほしい」なんてくだりあるだろ。俺もアレ、やってみたかったんだ！

さてRomâno-Japonezeは「ルーマニアの」と「日本の」という形容詞が組合わさった合成語だ。直訳するなら「ルーマニアと日本の」だろうか。そして二つの形容詞を合成する際、前につける形容詞、つまりRomânăは語尾に「o」をつけてRomânoになり、不変形容詞となる。

ルーマニア語の形容詞は修飾する言葉の性に従って語尾が変化するんだが、ここにおいては後ろの形容詞だけが変化することになる。でJaponezeは元々japonezなのだが、修飾されるStudiiが女性形複数なのでjaponezが女性形複数のJaponezeになる。ちなみに単語がほぼ大文字で始まっているのは、これが施設名という固有名詞だからである。

ということで「日系ルーマニア語」という言葉をここから作ってみよう。

Româno-Japonezeの基本型は小文字のromâno-japonezとなるが、これだと当然「ルーマニア系日本～」となるので、配置を逆にしてjaponezo-românにする。

これを「～語」という意味の名詞limbăにつけるのだが、さっき言った形容詞の語尾変化を勘案するとlimbă japonezo-românăになる。そして言語名の場合は名詞の語尾に定冠詞をつけ、かつルーマニア語の定冠詞は語尾につけるので、最終的に「日系ルーマニア語」はlimba japonezo-românăになる。

これで、完成だ！　つまり「日系ルーマニア語」は、〈limba japonezo-română〉だ！

これが現れた時、もちろん様々な感情が込みあげてきたが、それに浸ることなんかしなかった。俺は自然とこの言葉を題名にした詩を、日本語とルーマニア語の両方で書いていた。そうして書き上がった詩は引きこもりの俺が、ルーマニア語で、いや日系ルーマニア語で詩を書くことについての宣言ともなった。これこそ新たなる始まりだ。

その詩、「マニフェスト〝日系ルーマニア語〟」は俺のnoteで読めるから、気になった人はぜひ読んでみて欲しいね。

悲しきASIAN BOY

Fă harakiri!

このルーマニア語、説明しなくても、意味分かるんじゃないかな。

「腹切りしろ！」って意味さ。

　そう、ルーマニアで日本人、アジア人として活動する、避けられないものこそ、人種差別ってわけよ。俺はルーマニアに住んでないし、行ったことすらない。彼らとの付き合いはほぼネット上に限られている。なのに顔面にビチグソ投げつけられる感じで、人種差別を喰らわされる時がある。

Fă harakiri! はその好例だね。これを喰らわされた時、俺もそういう人種差別を喰らうほどに有名になったんだなって、そういう感慨がまるで突然の攻撃への防御反応さながらに込みあげてきたんだ。

　そしてこうやって振り返ると、皮肉じゃなくてちょっと感心しているんだよ。

おそらく読者は harakiri は分かるけど Fă はどういう意味かと思案していると思う。

これは動詞 a face（～をする）の二人称単数命令形なんだ。つまり「～しろ！」って意味になる。

　だから Fă harakiri! をそのまんま訳すと「腹切りをしろ！」って意味になる。つまりこの野郎は harakiri という日本語の単語が動詞じゃなくて名詞であることをちゃんと理解していて、ただ Harakiri! と言うだけじゃあ「腹切り！」と行為の名前を叫んでいるに過ぎないってことが分かってたんだな。だから、この単語には「～をする」という意味の a face をつけたと。

こういうわけで、この差別主義の豚はFă harakiri!と言ったんだ。分析してみると、俺に対する敬意は微塵も存在しないが、少なくとも「腹切り」という日本語の単語への理解は存在するってことで、ちょっと感心しちゃうんだよ。なかなか頭いいじゃねえかって。

俺は誰かに罵倒されるとそれを品詞分解していくって癖があるんだが、これはルーマニアの反哲学者シオランから学んだことなんだ。もちろん罵倒されたらそれは人種差別的だと指摘するのも重要だが、自分を落ち着かせるためにこう品詞分解するのは意外と効果がある。

そういえばこんなこともあった。二年前くらいに、〈LEVIATHAN〉っていう雑誌から作品の連載をしないかって依頼があったんだよ。こんな経験は初めてだったから結構浮かれちゃって、依頼を受けたんだ。

昏睡状態に陥った日本人の恋人に、ルーマニア人の主人公が語りかけるなんて筋立てで、本当に短い掌編を一話ずつ書いていくって連載だった。テーマは日本とルーマニアのカルチャーギャップ。最初はキツネ狩りについて書いた覚えがある。かなり短かったが、相当に気合いを入れて書いたというのは間違いないよ。

でもある時、その編集者が俺にこんなことを聞いてきた。

「あなたのルーマニア語は本物？」

この質問には正直狼狽したし、何て答えていいか考えこんでしまった。

その末に書いた答えっていうのは確かこうだ。確かに俺が書いたのを友人に添削してもらっているから、その意味では本物じゃないかもしれない、だけど俺がこの文章を書いていることは間違いない、ってね。

そしたら何の説明もなく「残念だけどこれ以上連載は載せられない」と一方的に連載を打ち切られたんだよ。たった三回か四回しか書いてないのにさ。ここであいつが言いたかったのは、つまり日本人が書いているルーマニア語は「本物じゃない」ってことだろう。そして俺は「フェイク野郎」ってことだよな。

この件とか、前に書いたpizdăの件とか、ルーマニアに住んでいないとしてもなかなか強烈な人種差別を喰らわされることがあるよ。ふとした瞬間に、俺という存在が、ルーマニアひいてはルーマニア語においては完全な異分子で、差別の対象だと思い知らされる。

突然だけど、今「暴太郎戦隊ドンブラザーズ」のＯＰ聞いてるんだ。スタイリッシュでカッコいいよな。あとは「機界戦隊ゼンカイジャー」のＯＰも聞いててね、こっちは逆に熱血な勢いで思わず前のめりになる。

こうやって何か書いている時は自分のテンションをあげるため音楽を聴くタイプの人間なんだ、俺は。他にも、執筆の最中の俺の脳髄を表現していると思えるAnimals as Leadersとか、余裕が出てきてからはZimbruやSofia Zadarみたいなルーマニアのインディー音楽とか、あとは急に興味を持ったABBAを代わる代わる聞いてるんだな。

だけど他にも最近聞いてるものがあってさ、俺は邦楽でも九〇年代のロックが好きなんだが、なかでもTHE YELLOW MONKEYってバンドが大好きなんだよな。俺の世代でよく聞いてる人が居るかは知らんけど、高校生の頃に「PUNCH DRUNKARD」と「8」聴いて衝撃を受けてからは、ずっと聴いてるよ。

俺さ、今はTHE YELLOW MONKEYってバンド名にすげえ親近感を抱いてる。これって欧米の白人たちが日本人やアジア人を馬鹿にする時の差別語なんだけど、己の芸術を日本ひいては世界へと打ち出すにあたって、この差別の言葉をむしろ誇りとして自分たちのものにしてやるってその気概とか勇気に、今の俺は特に背中蹴り押されるような衝撃を感じる。

そして彼らの代表曲の一つが「悲しきASIAN BOY」っていうんだ。いや、歌詞とか聞くとさ、九十年代の悪い癖っていうか、明らかに第二次世界大戦とか日本兵とかそういうものをロマン化してて、価値観は誉められたもんじゃないよ。だけど、そういう危うさを超えて、日本人っていうアイデンティティと白人文化の権化って感じのロックの間で引き裂かれる心っていうのが、俺には痛いほど分かるんだ。

何より、悲しきASIAN BOYってルーマニア語における俺じゃねえかよって、聞いてるとマジで泣きそうになるんだ。いつのまにか拳握りしめてんだよな。

そしてその拳が開かれた時、俺は自然とタブレットを手に持っている。

様々な感情が積み重なっていった末、詩というやつが生まれるはずだ。負の感情を作品へ昇華してやることによって、こういう差別主義者たちを俺の芸術の、そしてそれが生み出す名誉の一部にしてやれるってのは、他とはまた違う達成感を俺にくれる。

差別主義者の皆様、ありがとう。

ノンバイナリーな言葉

ノンバイナリーという概念がある。この社会は人間にジェンダーというやつを押しつけてくるわけだが、これに馴染めないって人、それに反抗するって人は当然いるだろう。なかでも男性・女性って二分法そのものに馴染めない人々がいて、そういう人々がノンバイナリーと呼ばれる、というか自分たちをそう呼ぶんだろう。

やっとそんなアイデンティティを持つ人々がここで生きているんだと声を上げられるようになり、その声が聞かれるようになった状況ができたのはいいことだ。だけどまだまだ社会はそんな人々に対してすこぶる厳しい。

俺自身はシスジェンダー男性、つまり社会に男性って性を押しつけられても生活に支障をきたすってのはない。まあもちろんそう単純に言い切れるわけでもないんだけど、それでも男性と見なされても別に構わないと思える存在だ。こうして生きづらさを感じずにいられるってことは特権なんだろう。

そんなマジョリティ的な存在だからこそ、俺はノンバイナリー含め性に関して生きづらさを感じる人々をサポートする必要があるし、その過程で学んでいく必要があるんだと思うよ。

だが、理解の行き届いていない俺たちマジョリティに対し「自分たちはこういう存在で〜」と何度も何度も説明させられていて、そのせいで疲れ果てているってのは簡単に想像できる。だからノンバイナリーの人自身が文章をネットに残してくれていたり、本を出版してくれているなら、誰に言われるでなく自分から見つけ出し、読んで学んで、そして広めていく義務があるだろう。

そんななかで読んだ本がエリス・ヤングの『ノンバイナリーがわかる本　heでもsheでもない、theyたちのこと』（明石書店）という本だった。これはノンバイナリー当事者である著者が自身の経験や調査を基に、その歴史、心身の健康、人間関係、法律など幅広いトピックを綴っている本だ。これは日本のノンバイナリー当事者はもちろん、ノンバイナリーについて知りたい人々にとっても導きとなるような一冊だ。

で、ここにおいて俺が特に注目したものがある。著者が小説家でもあるからか、この本にはheともsheとも呼ばれたくない人を指す場合に使う三人称単数のtheyを筆頭として、その他のノンバイナリーをめぐる言葉についての説明が随所に見られるんだ。

「言葉は人間の思考を規定する」って考えがあるけども、やっぱ人間にとって言葉はそれくらい重要だと思う。この本は言葉への洞察を通じて新しい思考の扉を開いてくれるって意味で素晴らしいものだ。特にノンバイナリー当事者の人には、言語のバイナリー的な袋小路を突破するための本になってくれるんじゃないかって思ってるよ。

いわゆるクィア・セオリーという学問は社会にはびこる性に根差した差別の存在や、時には世界に宿る無限の可能性を教えてくれるものだと思う。

で、この本には、こういう言葉あるか分からんけど、クィア言語学ってものが描かれていると感じる。言語をクィアしていくって文章を読んでいくと、言語について凝り固まった頭が解放されるような目覚ましい感覚がある。クィア言語学は俺にとって新しい言葉が生まれていく最前線なんだ。だからどこまでも学びたくなる。

で、この本に触発されて、俺が今積極的に調べているのは、言語におけるノンバイナリー表現に関してだった。日本語の場合は一人称にジェンダーが紐付けられているってのがある。

例えば「俺」は男らしさ、「アタシ」は女らしさって感じだな。「わたし・私」なんかはどちらかと言えばジェンダーレスな感じで使われているが、事はそこまで単純じゃないだろう。三人称も「彼」と「彼女」で完全に性で分かれており、英語で言うtheyが存在しないのは難しいところだ。

こういう観点でルーマニア語を見てみる。ルーマニア語には一人称はeuしか存在しないので、ここは日本語よりも気が楽なんではないだろうか。

しかしすこぶる厳しい側面がある。ルーマニア語の名詞には男性・中性・女性形が存在しており、かつ形容詞もこの性別に応じて形が変わると、ジェンダーでガチガチに固められているんである。

この困難さの例を少し挙げてみよう。例えばルーマニア語で「友人」を表現するとなるとこうなる。

prieten（男性の友人）
prietenă（女性の友人）
prieteni（男性の友人たち）
prietene（女性の友人たち）

こういう風に単語が変化していく。そしてどちらも含まれた友人群を指す場合には prieteni と男性複数形を使うことになる。これは男性と女性の割合が1対99でもそうなる。ここにおいて女性が完全に抹消されているのは当然だが、そんな場所にノンバイナリーな人々が介在する余地は存在しないだろう。

ここでルーマニア語のノンバイナリー表現に話を移そう。

もし友人の皆に呼びかけたい時、ルーマニアの人は基本的に Dragi prieteni!（親愛なる友人の皆さん！）と男性形複数を使う。そこでこれを Dragx prietenx! という表現に変える、つまり語尾を「x」に変えるとノンバイナリー表現になるんだった。

しかし、このノンバイナリー表現はルーマニアではあまり浸透していないのを感じる。使われているのは Facebook 上がほとんどで、使っているのはノンバイナリー当事者にクィアな人々をサポートする団体、それからその理念に共鳴する若者たちくらいだ。

これに関して他国と比較はできないんだが、ルーマニアに関しては性別規範が相当に強烈なのを日々感じる。特に形容詞の性別はその性に合わせないと目敏《めざと》く注意されたりする。

例えば男性に「君って面白いね」と言う時 Ești amuzantă と女性語尾の形容詞を使うと、まず間違いなく瞬間的に Ești amuzant と男性語尾に直されるのだ。さらに友達が飼っているオスのインコに E drăgălașă!（かわいい！）と女性語尾を使っても、やはり即時訂正されるんだった。この間違いを犯すと突然場の空気が冷えてしまい「親しき仲にも礼儀あり」という雰囲気になるので、結構気を使うんだよ。

こんなんだからノンバイナリーといった性的に多様な価値観への反感も根強いんだ。俺がさっき書いた dragx prietenx、もしくはここに「ルーマニアの」という形容詞もつけた dragx românx prietenx という表現を使うとなると「それは間違ってる」とか「もしルーマニア語が上手くなりたいなら、それ使うの止めろよ」と言われたりするんだよ。

それでも俺はこれを時々使うようにしているんだけど、文句言われるっていうのはずっとだな。外国人の俺がこれを使ってるから注意するってのもあるだろうけど、何にしろ、この「x」が市民権を得ておらず「ルーマニア語の乱れ」って感じで見くびられている状況があるってのは想像に難くないんだった。

だけどもやっぱり俺はこれを使っていきたいんだよな。

説明した通り、ルーマニア語は言語的な性規範がガチガチに固まっていて、この言語を生きていかなくちゃいけないノンバイナリーな人々の心労は察するに余りある。

しかしそれでも生きていくために人々は新しい言葉を、ここにおいては「x」を産み出していくんだよ。

俺はその勇気に敬意を表したい。

辞書と久保帯人

辞書引き大会に覚えはあるかな？

小学校とかでよくやってた、お題として出された日本語の単語を辞書で調べて、その定義を紙に書くまでの時間を計るって大会だ。俺も小学生の頃にはこの大会に出ていた。いやもちろん学校内の図書室でやるって小規模なものだが、めちゃくちゃ高速で辞書を引こうとしてたのを覚えてるよ。

この辞書への愛着は語学オタクになった今、より大きなものになってる。それを象徴するのがDEX.ROっていうルーマニア語辞書なんだ。

　これはオンライン最大のルーマニア語辞書だ。より正確に言うなら、ルーマニアに存在するあらゆる辞書において一つの単語がどう説明されているか、その文章を集約した巨大データベースだ。だからルーマニア語で文章を書く人間でここにお世話にならないという人はいない。

　俺も世話になりまくってる人間の一人であり、ここを読んで単語の語義やその解釈を確認するのは当然として、他にも動詞の活用や名詞の変化などを、もう何度も何度も執拗なまでにここで確認している。

　なわけで、文章を書く時は絶対に参照するオンライン辞書であり、今までに何百回検索したのか数えきれないほどだ。死ぬまでお世話になるだろうね。

　それから類義語辞書の文章も網羅してるので、例えば表現として間違っちゃいないんだが、美学において満足や納得が行かない時なんかは、この項を参照したりするよ。よりカッコいいだとか、より難解な表現を使いたいってさ、背伸びしたい瞬間ってあるだろ。そういう中二心が叫んでる時なんかの頼れる味方がこのDEX.ROでもあるってことだな。

ということで俺にとって辞書ってやつは重要だ。俺は何度だってここに帰ってくるよ。辞書を引き続けるという態度はその言語への敬意と、勉学という営みにおいて不可欠な、知への謙遜に繋がるからね。元々、俺は漢字とかが好きで、将来の夢は「漢字博士」ってやつだったんだが、その流れで辞書を引くっていうのは全く必然だった。

その後、辞書に関連して印象的だったのは『BLEACH』（集英社）だな、漫画の。出会いは、たぶん中一の時だ。本屋を歩いてたら、ある漫画の表紙が目に入った。ゾッとするほど凶悪な笑みを浮かべた男が、ドンと映ってる表紙だった。それに電撃レベルの衝撃を受けて、買っちゃったんだよ。それは更木剣八が表紙だった『BLEACH』十三巻だった。

そっから『BLEACH』のカッコよさにＫＯされちゃって。物語も画もイカしてたのはもちろんだけど、いつも単行本の巻頭にイカした詩が書いてあってさ、妙に印象に残るものが多かった。俺にとって詩に触れるって経験は、国語の教科書に載ってた谷川俊太郎や寺山修司よりも、まず『BLEACH』が先だった。

まあ、連載当時は「オサレ」ってネットスラングで完全に馬鹿にされてたんだよ、こういうの。そして斜に構えた中学生の俺もその尻馬に乗って馬鹿にしてた。

それでも俺は確かに、その格好よさに惹かれてた。それでさ、嘘か本当か分からないけど、作者の久保帯人が暇な時はずっと辞書を引いていて、こういう詩だとか劇中の呪文の詠唱文を考えているってのを知った時、俺も家にあった辞書で真似したりなんかしたよ。

俺の興味が漫画から映画に移り変わるにあたってそれも無くなったが、今度は文学に戻ってきて、こうやってルーマニア語で小説なんか書き始めるにあたって、暇な時に適当に辞書を読むってこの習慣が戻ってきたんだ。しかも今はコンパクトな岩波国語辞典第三版と新明解古語辞典第二版の二つに目を通して、いい感じの単語があったら読書ノートにメモするようにしてる。

それでさ、一つ気になることがあるんだ。さっき単行本の巻頭に詩が書いてあるって言ったけども、最初の詩の経験ってやつが『BLEACH』のこれだったって人は一体どのくらいいるんだろうな？

俺の世代、つまり二十代後半からおそらく三十代前半くらいの人々でさ、こういう人が絶対いっぱいいるんでは？って思ってるよ。少なくとも俺はそうだ。久保帯人に影響を受けて、ずっとではないがふとした瞬間に辞書を読んだりして、それで文章を書いている。

それで、とうとうルーマニア語で小説家としても、詩人としても少し認められるようになった。こう見ると俺、すげぇ『BLEACH』と久保帯人に影響を受けてるし、マジでそれを誇りに思ってるよ。誰かがディキンソンとかアポリネールとかに影響を受けるように、俺は久保帯人に影響を受けてるってわけだ。

俺としては、自分は「BLEACH 世代」の詩人だって言いたいくらいだよ。

しかも詩はもちろんだが、本編で使われるスペイン語やドイツ語に興味を抱いて、外国語を学び始めたって人も少なくないんじゃないか？　そこに関して俺の直接の影響は「ジョジョ」だが、無意識に『BLEACH』にも影響受けてたかもってのはありうる話だ。

誰か他に俺と同世代で、外国語で詩を書いているって日本語ネイティブの詩人いない？

俺と一緒に「BLEACH 世代」、名乗っていこうぜ。

辞書への愛憎

だが最近、俺は日本語とルーマニア語の世界へとどんどん深く潜行していくにつれ、辞書が持つ不穏な何かにも目を向けざるを得なくなっている。

それを少しずつ言語化できるようになってきたのは、安田敏朗の『大槻文彦《言海》辞書と日本の近代』（慶應義塾大学出版会）や『辞書の政治学』（平凡社）って本を読んでからのことだ。

今まで書いてきた通り、俺は辞書を読んだり引いたりするのが相当に好きなんだ。それでも一方でキナ臭さも感じざるを得ない瞬間があった。何でかはうまく説明できない状態だったんだけどね。そんな時に俺は『大槻文彦《言海》辞書と日本の近代』を読んだんだが、その本は俺が抱いているキナ臭さを言海という辞書から紐解いていくものだったんだ。

日本が世界へと開かれて、凄まじい勢いで文化や概念、そして言語が流入してくるにあたって、日本語はその立場を揺るがされることになる。それを救い、日本語が他の言語と同様の磐石さを獲得するため、辞書が編纂されることとなるのは必然だった。そこにおいて普通語とは何か？　純粋な国語とは何か？　何より日本語とは何か？という疑問に直面せざるを得なくなるが、これらにナショナリズムってやつが不可避的に接続されるんだよ。

そして完成する辞書には、全く必然的に権力性ってものが宿ることになる。こうやって辞書編纂の過程はナショナリズムの形成と密接に関わっているというのが、先に挙げた安田敏朗の著作を読むと分かってくるんだ。

辞書は船であるって例えがあるよな。でもそれで表される船っていうのは得てして小舟みたいなものだ。だけど俺の頭に浮かぶものは違う。小さな船じゃない、巨大戦艦だ。日本語とみなされないものを、そして時には他の言語を排撃する戦争の道具だ。それでいてこういう戦艦にこそ深く魅せられる人々がいるよな。辞書も正にそんな感じで、他でもない俺自身がそれに魅せられた一人なんだ。

俺はこういう本を読むことによって、辞書に抱く愛憎というべき代物を言語化していき、対峙せざるを得ない状況にまで、言ってみれば俺自身を追い詰めてきた。これは言葉を扱う芸術家としての倫理的責任だった。

俺は辞書に何度も立ち返る必要性を感じるとともに、だがその奴隷となるでもなく、辞書をも超えていくという気概が必要だと思ったんだ。常に批判的に辞書に向き合う必要があるっていうのは件の安田敏朗も言ってたことだ。俺はその言葉を心にも骨にも刻んでるよ。

そして日本語の辞書だけでなく、ルーマニア語の辞書に対してもこういう姿勢で対峙しなくてはいけないだろう。今まで散々DEX.ROへの愛着を語ってきたが、それだけでは居られない。

これをある種克服しようとした時のことを俺は覚えているよ。俺がルーマニア語詩人としてデビューした後、ラモナ・ボルディサルという詩人に創作や日本についてインタビューされた。彼女にはかねてから詩をつくるにあたって世話になっていたんだ。インタビューでは日本の性差別の現状について聞かれた。

この時に俺はあるルーマニア語の単語が、日本の性差別の現状を形容するに相応しいと思ったんだが、俺の解釈はDEX.ROとは異なるものだったんだ。

俺が頭に浮かんだ言葉はa zădărniciという動詞だった。DEX.ROにはA face să nu se realizeze ceva; a pune piedici la ceva; a dejuca un plan, o uneltire etcと書いてある。これは「ある物が実現しないようにする」とか「ある計画を未然に制する」といった意味の言葉だ。だが日本語のテキストや、他にもルーマニア語の文章でこの単語や派生語を見ていくうち、俺の解釈は別物になっていった。

俺がこの言葉に感じる意味は「なかったことにする」ってことだ。そもそもこの言葉の名詞形zadarとかは「虚無」とか「無意味」って意味で、動詞における意味の飛躍には違和感があった。そういう流れで俺には「なかったことにする」とか「そもそも存在しないものとして扱う」みたいな方がしっくり来ると思えたんだ。

これって日本における差別の核にあるものだろ。俺的にはヨーロッパとかに比べると、直接的な暴力や差別を公衆の面前で行う人は少ないと思うんだ、ルーマニアの同性愛者差別やアメリカでのアジア人へのヘイトクライムとか見てるとね。

だが代わりに何が起こるかって、マジョリティはマイノリティをいないように扱うだろ。日本に同性愛者は存在しない、外国人は存在しない（これに関しては〈白人以外の〉と言うべきかもしれないが）、障害者は存在しない、女性は存在しないといった風に。そして彼らは zădărnicit な存在、つまり「存在しないもの」に仕立てあげられるわけだ。マジョリティとして生きるのなら存在は認められるが、それは自分のアイデンティティを自分で抑圧せざるを得なくなるってのを意味する。この苦しみは遅効性の毒として機能するんだ。

これを考えるうえで、俺の頭には a zădărnici という言葉が浮かぶ、というか何故だかこの言葉に執着している。これをラモナにルーマニア語でなんとか説明した。

俺は言葉を扱う芸術家として、辞書に立ち返っていく必要がある。だが時には乗り越えることだって必要なんだ。辞書と俺の間には常に緊張がある。それを忘れちゃいけないよな。

生まれつき翻訳

俺は日本語ネイティブで今も日本に住んでいるけど、何故かルーマニア語で小説や詩を書いている。でも俺自身これを純粋に「執筆」と形容していいのかが分からない。実を言えば小説にしろ詩にしろ、まず日本語でプロットを書いて、それを基にして日本語で本文を書く。その後にルーマニア語にこれを翻訳していって、そして作品は完成って流れ。だから「執筆」とはいえ、結構な部分は「翻訳」に近いんだ。

俺のやってることは「執筆」なのか「翻訳」なのか、もしくは俺のやってることってどういう言葉で形容すりゃいいんだろうかって疑問が、ずっとある。

これに関して俺に大きな示唆を与えてくれたのが、レベッカ・L・ウォルコウィッツ著の『生まれつき翻訳　世界文学時代の現代小説』（松籟社）だった。

この本の興味深いところは、世界文学って概念が叫ばれる時代において、翻訳を見越して書かれたり、翻訳が予め組みこまれたりしたうえで執筆が行われているような小説をテーマとして研究してるところだ。J・M・クッツェー、カズオ・イシグロ、ジュンパ・ラヒリみたいな作家が取り上げられ、彼らの作品は「生まれつき翻訳」なんて呼ばれる。これが世界文学というシステムをいかに利用し、いかに広まっていくかなんてことが語られている。

　この「生まれつき翻訳」という概念、俺にはとても興味深く映るわけだよ。もしかしたら、俺もやってんじゃね？みたいなね。だが他の作家が実際に「生まれつき翻訳」といっても色々あるのと同じく、俺の状況も入り組んでるんだ。

　この本じゃ大きく分けて二つのタイプの「生まれつき翻訳」が紹介されている。まずは言語から言語へ翻訳されること自体が執筆に組みこまれてる、つまり翻訳を経て完成する作品だ。もう一つは執筆において翻訳は直接関わらないが、流通において翻訳されることを前提に書かれている作品だ。

　俺の場合、ルーマニア語版はルーマニアの文芸誌に掲載される一方、日本語版はどこの文芸誌にも掲載されることはない。

　こういうわけで俺の作品は日本じゃ日の目見てないけど、ルーマニアの文芸誌には掲載されてる。その意味では「流通においてルーマニア語に翻訳されることが前提に書かれている」んだよ。

　でもその翻訳というやつは、翻訳家でなく俺自身がやっていることだ。ある意味では「日本語からルーマニア語へ翻訳されること自体が執筆に組みこまれてる」でもあるというね。

それでいて例外的なのは日本語からルーマニア語っていう、マイナー言語からマイナー言語へと作品が飛躍しているってことだ。ここにおいては世界文学の覇権言語である英語は介在することは一切ないね。

それでさ、こういう奇妙な執筆活動を続けているうちに、日本語で小説を書いている時ですらも、俺の頭にはルーマニア語でこの文章はどう書かれるのか？というのを想定しながら書くようになったんだよな。

小説や詩だけじゃなく、映画批評やこういったエッセイ、Twitterの短文、LINEのメッセージから何までだ。今や日本語はルーマニア語のための土台、もしくはルーマニア語の肉を詰めるための外骨格になっている感覚がある。日本語は母国語で、だから基盤として一番作りやすいということだ。

とはいえ、じゃあ翻訳されるために書かれた日本語なんだから、ルーマニア語に訳すのは楽かといえば、そんなことは全くないわな。日本語とルーマニア語の大いなる差異というやつによって、これが相当揺さぶられるのだ。

例えば日本語で文章を書く時、俺は一文一文を短く書いていく。その一方で、ルーマニア語では長く書いたりする。

日本語は文章を金魚の糞さながらにいつまでもダラダラ続けることができるから、短くした方が恰好よく見えるんだよ。逆にルーマニア語は文が短いと、子供のたどたどしい物言いのように聞こえる。ある程度長くないと響きが幼くなるから、自然と文章が長くなる。つまりは感覚や美学に従って、言語によって文章を書き分けているんだよ。

ここにおいて俺はある意味、頭に想定した「ルーマニア語にしやすい日本語」を、実際にルーマニア語にしていく際には次々と裏切っていってる。想定と実践には常に誤差が存在していて、それは翻訳する時しにか分からない。

俺が書いたルーマニア語の文章で、例を示そう。

În timp ce corpul a început să-i tremure încet, Miyu a continuat să sugă spaghetele cu vongole și vin alb, pregătite de Ando, care știa foarte bine cum să folosească vinul în bucătărie, în combinație cu diverse mâncăruri

この文章は次の文章をルーマニア語に翻訳したものだ。

全身が微かに震え始めながら、望結はしばらくボンゴレ・ビアンコを啜り続ける。安渡が作ったものだ。彼は料理へといかにワインを組みこむかを熟知しており、特に貝類とワインを使う時に手捌きたるや絶品だ。

先述した通り、この日本語文章は「生まれつき翻訳」って感じでルーマニア語の影響下にあるからクセがあるかもしれない。そこはスマンね。とはいえ、ルーマニア語が分からないとしても、句読点の「。」と「、」を見比べるなら、ルーマニア語の方が文章一つなのに対して、日本語の方は三つの文章で構成されているのが分かるだろう。もし逆にルーマニア語から日本語に一つの文章として訳し返すなら、

全身が微かに震え始めながら、望結はしばらくボンゴレ・ビアンコ——安渡が作ったものだ。彼は料理にいかにワインを組みこむかを熟知しており、特に貝類とワインを使う時に手捌きたるや絶品だ——を啜り続ける。

という感じだろうか。挿入句でごまかしているので、一つの文章と言ってはいけないかもしれない。でもこういう感じで翻訳しないと、ルーマニア語の文章構成に合わせるのは無理だ。

こう振り返ると、俺は確かに一つ目の日本語文章をルーマニア語に生まれつき翻訳される前提で書いたが、様々な行程を経ることで二つ目の日本語文章の意味を成すようなルーマニア語が出来上がっている。

これは翻訳と執筆が常に一体化している故に生まれる齟齬なのかもしれない。バンドが解散する時に言われる「方向性の違い」みたいな決まり文句があるが、これに生まれつき翻訳ってやつが引き裂かれていくんだ。

そして！　実は読者の皆さま方がルーマニア語が分からないと思い、ちょっと嘘をついちゃったことをお許しいただきたい。

本当はAndo, care știa foarte bine cum să folosească vinul în bucătărie, în combinație cu diverse mâncăruri は、「彼（安渡）は料理にいかにワインを組みこむかを熟知しており、特に貝類とワインを使う時に手捌きたるや絶品だ」の直訳ではない。

実際の意味は「彼は料理において、様々な具材へといかにワインを組みこむかを熟知している」になっている。

「おい、全然違うじゃねえか！」と思った方、ごもっとも。前も言ったが日本語からルーマニア語に翻訳する際、俺は文章構成を変えるどころか文意まで変えている時がある。翻訳途中に推敲してるんだよ。

「説明がくどいな」と思った時には、日本語は無視して余計な部分を切ったりする。逆にルーマニア語へ移し替える際に言葉が弱いと思ったら、強調の語彙を足す。これを本職の翻訳家がやったら、まあ袋叩きだろうが、俺はその禁じ手を堂々とやっているんだ。

それから日本語小説をルーマニア語小説に書き換える時、何に一番気を使うかといえば時制なんだよな。日本語小説は時制をそこまで考えずに語尾を配置できるが、ルーマニア語小説は過去時制が基本なので、常に動詞の形には気を使わざるを得ない。

具体的に書くと、この過去形っていうのには半過去と複合過去があって、常に厳密に使い分ける必要があるんだよ。説明するの難しいけど、半過去が「座っていた」なら、複合過去が「座った」って感じ。行為が長く続いていたか、行為が一瞬で終わったかの違いかな。さらには物語の視点において過去を示す際は大過去（敢えて日本語にすれば「～していたのだった」）を交える必要もある。コーラ飲みまくって糖分取らなきゃ、やってらんないよ。

これを鑑みると、日本語の時制のあの適当さは本当に楽だ。「昨日」とか「三日後」とかみたいな修飾語をつければ自然と時なんて分かるし時制なんて適当でいいだろ、みたいな進化をしてくれたのは本当にありがたいよ。

こういった経緯を経て、日本語版とルーマニア語版は大分異なる作品となる。それでいて「文意や語彙は違います。ゆえに日本語とルーマニア語はどちらもオリジナルなのです」と、俺は堂々と宣言することができる。これが何とも素晴らしい心地だ。実際、日本語とルーマニア語どっちも理解できる人が俺の文章を比べて、「勝手に文章構成変えて意訳が多すぎ！」と言ってた時もあった。

だが作者本人の翻訳なら、それが創造性として許されるんだよなあ。

そして今、俺は思いついたよ。この「翻訳する」と「執筆する」を同時にやるって独自の手法を、ルーマニア語の tradus（翻訳された）と scris（書かれた）という語を合体して traduscris（トラドゥスクリス）と名付けてみようってね。この traduscris こそが二言語で小説を書く醍醐味なんだよ、マジで。

自分はルーマニア「語」への移民である。あるインタビューでこう答えたことがあった。人々は外国語に関してネイティブのような完璧さを求めるが、俺の目標はそこにはない。俺はよそ者だからこそ、言葉の移民だからこそ成せることをブチかましてやりたい。つまりは、むしろ完璧さなんてのは自らかなぐり捨てた、俺だけのルーマニア語を生み出してみたいんだ。

この旅路はおそらく一生かけても終わることはないんだろう。

だからこそすっげえワクワクするんだよなあ。

7 偉大なるルーマニア文学

クローン病と濫読

へへイ、人生楽ありゃ苦もあるさ、へへイ。

ドラマ「水戸黄門」がもはや跡形もなくて寂しいって今日この頃だ。昔は学校帰りに、午後四時くらいからの再放送とかよく観てた覚えがあるんだけどね。特に印象に残ってるのはやっぱOPだよな。シンプルかつ力強い歌詞に心をグッと掴まれるよ。

そしてあの歌い出しが今はことさら身に染みるよ。

だってルーマニア語で小説家になれたと思ったら、難病に罹っちゃうんだからさ。

ルーマニアで認められ、俺の精神は今までになく絶好調だった。

なのに反比例するように身体の調子は不調まっしぐらなんだよ。冷たいお茶飲むたび腹痛、それに共鳴する食欲不振、腰に燃えるような激痛、長年の悪友である痔はとうとう痔瘻にレベルアップ。ニートあるあるで「自尊心低すぎて、自分には病院に行く資格がないと思う」ってのがあるが、俺もそういうわけで病院に行くの我慢してた。それでも最後は親に引きずられるように病院へ赴き、ケツに内視鏡をブチこまれたよ。

そして診断、クローン病！

これは腸を中心とした消化管に炎症が頻発するって自己免疫疾患、一生治らないって難病だ。常に下痢と腹痛の脅威に晒され、悪化すりゃ腸の摘出もあり得る。そうならないために厳しい食事制限が課されるが、特に脂質は一日三〇グラム以下厳守。ということでラーメンだめ、唐揚げだめ、天ぷらだめ、ポテトチップスだめ、コンビニで売ってるドーナツも一個が脂質三〇グラムだからだめ。しかもさっき言った通り難病なんで、この制限は一生続く。厭になっちゃうね、こりゃ。

それで二〇二一年の三月から、少なくとも数ヶ月は絶対安静で、親に介護される状態が続いた。毎日十粒以上の薬を飲まされ、時々は特定疾患の補助受けなきゃ十万円かかる薬を点滴でブチこまれ、もう踏んだり蹴ったりだった。

これ、辛いと思う？　実際、なまぬるい地獄に浸ってるようなもんだった。引きこもり状態もとうとうマーベルみたいにフェーズ4へ突入、俺の人生もここまでかって。

だけど、皮肉なことが起きたんだよ。

いやさ、薬を毎日ブチ込みまくったことで、俺の身体、むしろどんどん健康になってくんだよな、腸以外。健康診断でも今までになく良好になってく、腸以外は。でもマジで腸以外は精神含めて全部めっちゃ健康、朝すら午前八時に起きれるようになった。今日なんか五時起きだよ。近くの歩道橋を上る足も軽い軽い。

どうも俺は、腸が半永久的に腐敗していくのと引き換えに、今までにない健やかさを手にいれたみたいだった。

だが健康になったとはいえ、下痢や腹痛のせいで居られるのは家か、散歩できる範囲の図書館かショッピングモールのみ。ここ一年は東京に行ったことすら稀だよ。もはや地下鉄に乗るのすら冒険に近い。

そこで、俺は本に立ち戻ってくるんだよ。鬱状態だと読書っていう自分から行動しないとできないって行為ができなかったけど、今はそのパワーが有り余ってる。ということで読書習慣を再開して、まるで今までの反動さながらに、毎日毎日二〜三冊は本を読むって勢いになってんだよ。

　しかも読書の質も抜本的に変わった。前は読む本はほとんどが小説、哲学書だったけど、今はもっぱら科学書だ。いや病気になってさ、俺は精神よりも肉体というものを意識せざるを得なくなったんだけど、それ以上に肉体ってやつを知りたくなった。

　そしてこの知の欲望に直接関わってくる医学や生物学の本を読むわけなんだけど、これを出発点として俺の好奇心は完全に心の外へと向いた。つまりは自然へ、宇宙へ、そして世界へ、加速度的に駆け出していくことになる。

　何で空は青いの？　何でカツオノエボシの毒って怖いの？　ポテチに入ってるカゼインナトリウムって何？　どうやったら善玉の腸内細菌増やせるの？　宇宙ってどうやって滅びるの？　ていうかクローン病になった原因、一体何なんだよ？

　こうやって科学にド嵌まりしちゃったわけだよ。社会疫学、量子力学、宇宙物理学、機械工学、有機化学。ここ一年の俺は、ありとあらゆる科学分野に好奇心が移りまくってあっちこっちどっち状態。ちなみに、こういう状態を化学では非局在的って言うらしいよ。

　ここにおいて俺は死を意識して心のなかに閉じこもるかと思ったら、むしろ心や内面とは真逆の方向のもの、つまり世界そのものに興味が突き抜けていった。これは全く初めての経験だったね。

その過程であまりに本読んでるのに記録しないのは惜しいから、五月から読書ノートをつけ始めたんだが、約一年でノートは十二冊目に入ったよ。読んだ本はマジで1000冊越えだ。本当かどうか疑うだろうけど全ての感想を半ページ分記しているから、証拠は簡単に見せられるよ。

さらに俺はタブレットの前で、誰に言われるでもなく、短編小説も書きまくった。その数、107作。マジで今までにない創作意欲の迸《ほとばし》りも感じてる。

死の淵から生還した俺は強い！

そんななか、俺の目にある文章が飛びこんできた。

> 駄目な詩人がいっそう駄目になるのは、詩人の書くものしか読まぬからである（駄目な哲学者が哲学者のものしか読まないのと同じことだ）。植物学や地質学の本の方が、はるかに豊かな栄養を恵んでくれる。人は、自分の専門を遠く離れたものに親しまないかぎり、豊穣にはなれない
>
> 『生誕の災厄』（紀伊國屋書店）

この文章に俺は深く共感した。ここに記してある植物学や地質学を含め科学書を読むことで、俺は多くの栄養を育み、凄まじい勢いで小説を書いてきたからね。

そしてこれを書いた人物は誰であろう、ルーマニアの偉大なる反哲学者E・M・シオランだった。

やっぱ俺の帰る場所は、ルーマニアなんだよな。

シャツのように絶望を取り替える

E・M・シオラン、反哲学者かつ反出生主義者、断章に次ぐ断章によって生涯通じて世界ってやつを呪い続けた凄まじい存在だ。日本でも相当な数の著作が翻訳出版されていて、伝記だとか新書の紹介本なんかも出てる。あと彼の言葉を垂れ流すTwitterアカウントまであって確か一万以上のフォロワーがいる。日本においてはかなりカルト的な人気というか、執着というか、そういうものがある存在だが、このシオランが実はルーマニア人だっていうことを知っている人は、そう多くないんじゃないかね。

実際、俺がシオランのことを知ったのは大学時代だ。地震やら放射能やら、その他諸々で完全に頭がおかしくなって、ほぼ無気力状態だったあの時だよ。

　単位ギリでとれるくらいの最低限だけ授業に出て、他の時間は視聴覚室で映画観たり、図書館で本を読んでた。映画に関しちゃノートに全部記録してたから何を観てたかは全部調べりゃ分かるんだが、本に関してはただ読むばかりでこの時に何を読んでいたかはほぼ覚えてない。

　だけどシオランの本を片っ端から読んでたのは覚えてるよ。こういう精神状態が最悪の時期って、ドス暗い本読みまくると妙に落ち着くよな。シオランなんかキリスト教やら、生殖行為やら、文学やら、マジであらゆるものに呪詛を吐きまくってたけど、俺もそんな気分で、だけど未だに自分のことをどう言葉で表現すればいいか全く分かってなかったから、彼に代弁してもらってるような気分だった。

　　私たちは誰も彼も地獄の底にいる、一瞬一瞬が奇跡である地獄の底に

　これは『悪しき創造主』（法政大学出版局）の最後に出てくる言葉だが、これが俺の現実で、正に言い当ててくれたことに感動してた。深い共感を覚えたんだ。それでいてシオランの毒舌はあまりにも突き抜け過ぎていて、思わず吹き出しちゃう時があるんだよ。

こういう捻れた「ギロチン台のユーモア」ってやつが好みなのは、もうこの頃からずっとだ。

だけどさ、この頃はマジで全然、ルーマニアのルの字も知らなくて、シオランの本はフランス哲学の棚に並んでたから、完全にフランスの哲学者だって思ってた。一応あとがきにはルーマニア人って書いてあったけど、そっちには全く目が行かなくて、ただただシオランの絶望と虚無に慰められてたからね。

それで何やかんや卒業するんだけど、就活で鬱が酷くなって本格的に精神状態がヤバくなった。この時からしばらく本を読めなくなったのはご承知の通り。

しかしルーマニア映画に嵌まり始めて、ルーマニアについて調べるうち、実際に彼がルーマニア人で、ルーマニア語読みだと名前はチョランになるっていうのを知った。そっから彼は途中でルーマニアを、ルーマニア語を捨ててパリに移住し、フランス語でずっと執筆していたなんて事実を知っていく。日本で出版されているやつもフランス語からの翻訳だった。

ここでシオランをもっと知りたいと思うのなら、当然フランス語を勉強するべきだった。だけど俺は、何だかチョランとして彼を知りたくなったんだよな。だからルーマニア語の勉強は更に熱烈なものになって、今に至るわけだ。実際、チョランに惹かれてルーマニア語を学んだって日本人、俺と『生まれてきたことが苦しいあなたに　最強のペシミスト・シオランの思想』（講談社）って新書を書いた研究者の大谷崇以外にはどれくらいいるんだろうな、結構気になるよ。

　こっからはチョランの警句を引用しながら、更なる自分語りってやつをやらせていただこう。

> 病気を克服することができない以上、私たちのなすべきことは、病気を育て、病気を楽しむことである。こういう自己満足は、古代人には常軌逸脱と見えたであろう。彼らは、苦しまないという快楽にまさる快楽を認めていなかった。彼らよりも理性的でない私たちは、二千年後、異なった判断を下している
>
> 『時間への失墜』（国文社）

　この言葉に関しちゃ、印象に残っている風景がある。

　クローン病の定期受診で病院に行ったんだよ。エレベーターに乗る時、妻らしき人物が乗った車椅子を押す男性に会った。エレベーターで彼を手助けすると、感謝の言葉を言ってくれたんだよな。

その後に一階の受付に座ってたら、前の席に彼がやってきた。だが俺と話した訳じゃない。俺の前に座っていた中年女性が労わりの言葉を彼にかけて、会話が始まったんだった。

男性の話はこうだ。今日は半身不随である妻が検査をするため病院に来た、検査結果は良好で嬉しい、だけど自分も糖尿病と前立腺がんを患っていて、いつまで妻を介護できるか分からず不安だと。

そしたら女性がこんな話を始める。自分は糖尿病を患っていて、その検査のために今日はやってきた、乳がんを克服した後に今度は糖尿病というのはまた辛い、去年は同じ病気で友人が亡くなってしまったと。

ぶっちゃけ聞いてるだけで老いることに対し希望を抱けなくなる内容だが、彼らの口振りは驚くほど明るかったんだよな。難病って診断されたばっかの俺には、もはや苦痛を楽しんでるってくらいの楽天主義っぷりが羨ましく思えたんだよ。

そこで前の言葉に戻るわけだが、本当にチョランは良いこと言うよな。ここにおいてあの男女は「私たち」であり俺は「古代人」だった。だって苦しまない方がいいに決まってんだろ。だけど、そんな俺はいつか「病気を育て、病気を楽しむ」ことのできる人間になれるんだろうか。まあそれには、努力が必要だってことだろう、飽くなき努力がさ。

人生に適応するわたしの秘密は?――シャツのように絶望をとりかえたこと

『苦渋の三段論法』(国文社)

俺にとってチョランのいいところは、彼の絶望の軽やかさだ。

何というか、とても風通しがいいんだよ。この警句みたいに、そうやって濃密な負の感情と気楽に付き合ってる感じがあるんだよな。しばらく考えこみはするが執着しない。来るに任せると同時に去るに任せて、言ってみれば結構適当に対応している。俺はこういうのを楽観的厭世だとか、楽観的反出生主義って呼びたいんだ。そんなん存在すんのかよ?って感じの矛盾だが、チョランはそれをマジでそのまんま抱いていけていたってそう思えるんだよ。

俺はずっと思ってるんだ。キリスト教には、原罪と言って、人はみな生まれながらに罪を負っているっていう概念があるだろ。俺としてはこれとか反出生主義っていう思想をもっと軽く考えるべきだと思うんだよ。もちろん過度な自罰思考やチンケな運命論、翻っての救世主願望に陥るのはナシだ。だけど「人間は生まれた時点で悪っしょ?」とか「これ以上、新しい人間がこのクソみたいな世界に生まれるとか、ちょっとないわな」みたいに、もっと軽やかに携えていくってのが重要なんだ。

チョラン自身さ、確かに何度も何度も同じこと言っててそういう概念や思想に執着してるように見えるけど、でもそれを断章として紡いでるのがポイントと思うよ。それこそシャツ着てシャツ脱いで洗濯するみたいに、原罪や反出生主義について考えてから、その後に他のこと考え始めんだよ。でもちょっと経ったらまたそのシャツ着るし、もしお気に入りだったら結構頻繁に着ちゃうだろ。チョランにとって原罪や反出生主義ってお気に入りのシャツなんだよ。彼はこんな言葉も残してる。

アフォリズムの本を読んでいて、彼らは「へえこの男、十頁前に書いていることと反対のことをここで言っているよ。まじめにやってくれよ、まったく」と言うんですよ。まったく正反対の内容のアフォリズムを私は続けて書くことができる。アフォリズムというものは瞬間の真実なのです

『危険を冒して書く　異色作家たちへのパリ・インタヴュー』（法政大学出版局）

ちなみにここで言う「彼ら」ってのは学者たちのことね。

そう、こんな感じで適当なんだよ。その場のノリで言ったんだから、それぞれが矛盾してても別にいいだろみたいな。俺が軽やかって言葉で言い表したいのはこういうチョランのノリなんだ。スプラッタホラーで殺人鬼が発情期のカップルの首をチェーンソーでチョンパして、生首がピュピュピューンって飛んでいく、シオランの本ってそんな感じなんだ。だから読んでると笑っちゃって、それで元気出るんだ。

私たちは、ある国に住むのではない。ある国語に住むのだ。祖国とは、国語だ。
それ以外の何ものでもない

『告白と呪詛』（紀伊國屋書店）

これは巷でもよく引用されるけども、外国語で小説を書いている自分としては心に残らざるを得ない言葉なんだ。日本の千葉県の片隅、どっかの一軒家の部屋に引きこもってこれを書いている状況と、詩とか小説とかをルーマニア語で書いてそれが文芸誌に掲載されるって状況が、何故だか同居してるって俺にはね。

俺の祖国ね、祖国か。

まあ、それは日本になるんだろうね。難病抱えて国外移住なんてできそうもないし一生そんな感じだって気がするよ。もしくはチョランの言葉に従うのなら俺は日本語に住んでいるってことになるんだ。

　だけど何かしっくり来ないんだよな。確かに三十年間日本語に晒される生活を送ってるから、生活に支障がないほど日本語を使いこなせて、自分の言いたいことを明確に伝えられるって自覚もある。使ってると安心感を抱くんだ。だけどさ、この祖国のなかで俺は朽ちていくのか？って思いもある。

　ある意味でそれから目を背けるために、ルーマニア語で書いているのか？

　どうだろうな。日本語に比べりゃ、ともすれば英語と比べてすらぎこちないし、辞書を引きまくっているってのは、前にも述べた通り。正直、ルーマニア語使って病院行かないといけないなんて状況を想像するだけで冷や汗を掻く。つまり安心とは程遠いんだよ、ルーマニア語を使うっていうのは。

　だけどさ、ルーマニア語を使ってるとしっくりくるんだよ。

　俺の身体を鑑みればルーマニアへの移民になることは今後ないだろう。だがそんな俺でもルーマニア語への移民、ルーマニア文学への移民にはなれるかもしれない。肉体は無理でも、俺の魂はそこへ行くことができるのさ。

　皮肉なのは、他ならぬチョラン自身がルーマニア語を捨てて、フランス語を祖国に選びシオランとなった一方で、俺こと済東鉄腸は全く逆に、日本語からルーマニア語へ移住を試みていて、そしてルーマニアの人々からはTettyo Saitoと呼ばれている。不思議な気分だよ。

> 外国人が言葉に関して創造者たりえないのは、その土地の人間と「同じように」喋ろうとするからである。首尾の如何を問わず、この野望こそが彼の破滅の元だ
>
> 『生誕の災厄』（紀伊國屋書店）

やっぱチョランはドギツいこと言うよな。まあ、この言葉を肝に銘じながらやっていくことにするよ。

遥かなるミルチャ・エリアーデ

俺はとうとう三十歳になったんだが、今後を見据えるにあたって、やっぱルーマニアで本を出したいというのを強く思ったんだ。そうして自分を奮い立たせるために、一年前くらいから日本語に翻訳されたルーマニア文学の数々を再読するということを始めたんだ。とことんルーマニア文学に、俺の場合は日本語で対峙する必要があると思ったってことなんだよ。

そんななかでも特に読み直すべきと思ったのが、ミルチャ・エリアーデという小説家だった。日本で……いや、おそらく世界で最も有名なルーマニアの小説家だろう。まず宗教学や神話学の権威として有名かもしれないが、それと平行して彼はルーマニア語で小説を書き続けていた。そしてルーマニア文学の翻訳家である住谷春也さんと直野敦さんの手によって日本語にも翻訳され、俺たちもエリアーデという神秘の一端を垣間見ることができているというわけだった。

なんだが正直に告白すると、俺は今までエリアーデのいい読者ではなかった。ルーマニア文学に嵌まりこむ前から名前は知っていたし、実際に何冊も読むこともあったが、あんまり印象に残ってないってザマなんだ。

だが先に言った通り、ルーマニアで本を出すにあたって、エリアーデの作品を読む意味があると思った。今こそこの神秘に立ち返る必要があると。

まず読んだのは『ムントゥリャサ通りで』（法政大学出版局）だ。最近復刊されたから読んだって人も多いんじゃないだろうか。この作品に対する驚きっていうのはさ、その文体の鬼気迫る前衛性だな。主人公の老人の語りが中心となり物語が進むんだが、現在と過去、現実と幻想、登場人物たちの言葉と言葉、様々なものが目まぐるしく混ざりあって、もう目眩すら引き起こすような激烈な流れがここに現れるわけだよ。更に、例えばとんでもない巨躯を持つ女性オアナの存在感だったり、終盤におけるミステリー的な畳みかけだったりが、雪崩れこむような勢いで次々に浮かんできて、短いながらも脳髄をしたたか打つような幻想の読書体験となったんだ。

自分でもこれから言うことは結構雑とは思ったりするんだが『ムントゥリャサ通りで』は、いわゆるポストモダン的な要素があるって感じる。物語の内容ももちろん重要だが、それ以上に物語の語り方にこそ重きを置いているんだよ。ここじゃ神話・民話的世界と戦時下の現実、エリアーデの言葉で言えば聖と俗が一人の男の打ち明け話のなかで混濁を遂げ、底の知れないイメージが生まれていく。

ここにおける奇妙奇抜な技巧には、それこそ後の世代、ルーマニアで最もノーベル賞に近いって作家ミルチャ・カルタレスクとかの語りに繋がるような複雑さをも感じたんだった。それから他にも同時代に活躍したヨーロッパの作家たち、例えば俺のマジで大好きなオーストリアのトーマス・ベルンハルトだったりが俺のなかで共鳴するような、その時代における最先端を見せつけられるようだったんだ。

それと連続して読んだのは『令嬢クリスティナ』（作品社）だ。

あらすじはこうだ。ルーマニア全土を震撼させた一九〇七年の大農民一揆、この三十年後から物語は始まる。貴族屋敷を訪れた青年画家エゴールはその家の娘サンダに恋をする一方、夢のなかで謎の美女から求愛されることになる。この美女の正体を探るうち、彼女が館の主であるモスク夫人の姉で、一揆に巻きこまれ姿を消したクリスティナではないかと、エゴールは考えるのだが……。

こっちは『ムントゥリャサ通りで』とは打って変わっての、古典としての堂々たる風格がある作品で面喰らうよな。何というか、二百年ぐらいをとうに過ごした古典の磐石たる風格ってやつがあるんだよ。『ムントゥリャサ通りで』とは数十年しか執筆時期が離れていないことが信じられないほどだ。

今作はある種の吸血鬼譚なわけで、ブラム・ストーカーの『吸血鬼ドラキュラ』（創元推理文庫）を否応なく想起してしまう。というかルーマニアってドラキュラ生誕の地として有名だけど、実はそのイメージはルーマニア原産でなく、この『吸血鬼ドラキュラ』が起源なんだよ。今作があまりにも有名になりすぎて「ルーマニア＝吸血鬼」って図式ができてしまった。

だからルーマニアの人はこの固定観念に複雑な心境といった感じだ。吸血鬼ネタを振ると「まあ、そういうのもあるね、ははは」と彼らは言葉を濁す。日本人が外国人に芸者ネタ振られて微妙な気分になるのに似ている。だがその一方で吸血鬼伝説を観光資源として利用して、ちゃっかり外貨獲得なんてしたたかにやってたりもする。転んでもタダでは起きない。

こういう状況があるなかで、エリアーデは意図的にルーマニア側から『吸血鬼ドラキュラ』という古典に戦いを挑み、その結果が『令嬢クリスティナ』として結実したのではないかと思いたくなるんだよな。ルーマニアの意地ってものを感じるよ。そしてこの勇気ある戦いが、今作自体がまた古典の風格を獲得した一因なんじゃあないかとね。

それから俺は『令嬢クリスティナ』を今話題の漫画『吸血鬼すぐ死ぬ』のファンにぜひ読んでもらいたい。直接の元ネタである『吸血鬼ドラキュラ』への、ルーマニア側からの解答としてね。

きっと主人公ドラルクの故郷ルーマニアの空気感を感じることができる。調べたらドラルクが生まれたのは十九世紀初めらしいから、そこから一世紀後のルーマニアはどうだったか、これを『令嬢クリスティナ』から読み取ることができるだろうね。

作風自体はあのギャグっぷりとは真逆の官能幻想譚だけど、俺としてはこういうところにもファンフィクションの種は埋まってるんじゃないかと思う。かなりオススメしたい一作だ。

そしてエリアーデの遺作である『19本の薔薇』（作品社）。この作品は、彼のもう一つのライフワークである神話学や宗教学がよりダイレクトに物語へと組みこまれた一作と感じたよ。二つの学問にはまだ疎いんで更に難解に感じたんだが、それは今作への畏怖を減じるものでは断じてない。老作家が消息を絶った後の、あの筆舌に尽くしがたい不穏で、ゾワゾワするような超越の感覚は濃密だし、あの謎めいた最後のフランス語の会話！　呆然として取り残されるような読後感があって、ゾクゾクしたね。

だがこの本に関しては、映画批評家として様々なルーマニア映画を観た後にここに帰ってきて、より興味深く映る要素があった。ラストに劇作家が『天涯の孤児たち』という映画を製作し、これがルーマニアで喝采を浴びた後、カンヌでパルム・ドールを獲得、しかし……というくだりがある。

ここで真っ先に思い出したのはルーマニアで最も偉大と謳われる映画作家ルチアン・ピンティリエだ。彼は六十年代後半に《Duminică la ora 6》と《Reconstituirea》という二つの作品を監督する。だが裏に忍ばせた社会主義批判を咎められて、一九六九年にパリに亡命を余儀なくされる。後者の《Reconstituirea》なんだけども、今作の制作から二年後の一九七〇年にカンヌでの上映が計画されたらしいが、社会主義政権で暗躍した秘密警察セクリターテの妨害で実現しなかったそうだ。一方で『天涯の孤児たち』はカンヌでパルム・ドールを獲得なんて、なかなか皮肉だ。

そして『天涯の孤児たち』は、ルーマニアでは社会主義リアリズムが結実した傑作と激賞される一方、国際的には社会主義を風刺した作品として評価されるというくだりが印象に残った。

住谷さんも他の翻訳小説の解説で語っているんだけども、この社会主義時代は現状を批判するため面従腹背のスタイルを取る作品が多かった。つまり表面上は社会主義を礼賛しながらも、実際は隠喩としての批判を忍ばせたりって感じだな。映画に関しても同じ状況があり、特に《Reconstituirea》はその面従腹背を見抜かれてピンティリエは国を追われた。

月日は流れ、実際にルーマニア映画がカンヌの最高賞、つまりパルム・ドールを獲るのは二〇〇七年のことだ。日本でも公開されたクリスティアン・ムンジウの『4ヶ月、3週と2日』は初めてパルム・ドールを獲得したルーマニア映画になった。その内容は社会主義政権における中絶の禁止と違法の中絶手術をめぐるもので、つまり真正面から社会主義政権を批判する一作だった。

　映画も文学も、今やルーマニアを批判するために面従腹背という姿勢を取る必要はなくなった。むしろここから、徹底的なリアリズムによってルーマニアの息苦しい現在を描きだす作品が主流となっていく。これは素晴らしいことだ。とはいえ、そこにエリアーデ作品の聖と俗を行き交う幻想性が介在する余地はあまりない。これが時代が変わるということかって感慨を俺はこの『天涯の孤児たち』のくだりに抱いたんだった。

　エリアーデは遥か遠く、だな。

だが実を言うと、今回本当に印象に残ったのは訳者である住谷さんと直野敦さんが書いた解説だったんだよ。ここには思わぬ発見が溢れていたんだ。

まず直野さんが『ムントゥリャサ通りで』のあとがきに、エリアーデは高校時代に自然科学の書を耽読したと書いていた。おいおい、俺が正にそんな状態なんだよ、マジで。今もこれを書く前は『ビーバー　世界を救う可愛すぎる生物』（草思社）と『電気にかけた生涯　ギルバートからマクスウェルまで』（筑摩書房）を読んでたよ。

そしてとても興味深いことだが、この科学からこそ小説や詩のアイデアを見出して、作品を書くことにもなってる。エッセイに関しても、直接関わるってことはないが筆が進むんだ。俺の執筆の燃料になってくれてるのを感じている。だから高校生だったエリアーデに、今こそ深く共感しているんだ。

そして『令嬢クリスティナ』で住谷さんが書いた解説を読むにあたって驚いたのは、この本が一九三六年出版、つまりエリアーデが二十九歳の時、今の俺くらいの年に出版されたということなんだよな。

三十歳の今さ、何とかルーマニア語で本を出してみせると悪戦苦闘する俺の背中を、エリアーデが優しく、しかし力強く押してくれるような熱い感慨を覚えた。

だけどさ、もう一つ心を震わされる瞬間があったんだ。『19本の薔薇』の解説を読んでたら、パリで貧困に喘いでいた時の彼の言葉を見つけたんだ。

自分の真の天職、それはルーマニア語の作家

思わずこの言葉をノートに書きつけながらさ、涙が出そうになったんだ。でも図書館にいたから何とか抑えたんだ。

今、この言葉を見返しても熱いものが込みあげるよ。

この読書体験を通じて、俺は真の意味でエリアーデという作家を発見することになった。だがまだまだ読むべき作品は残ってる。

ということで俺は明日から、エリアーデの自伝的大著『妖精たちの夜』（作品社）を読もうと思っている。小さな頃からずっと行ってる図書館には三冊の『妖精たちの夜』が並んでいる。今まで俺は長い本を読む根気や勇気があまりなくて、この三つの大きな背表紙を見るだけで圧倒され、読む気がしなかった。

図書館の本棚の前に立って、ささやかに並べられたルーマニア文学の本を眺めるうち、当然エリアーデの『妖精たちの夜』も目に入る。そこで気づいたんだよ。第二巻が二冊並んでいることにさ。ビックリしたよな。今までこんな単純な間違いにも気がつかなかったのかって。本当は二巻構成だったんだ。

エリアーデに化かされてるような気がしたよ。俺の目が節穴だっただけなんだが。

8

俺は俺として、ひたすら東へ

ヨヴァネルとの因縁

O memă Dezarticulat.

関節の外れたインターネット・ミーム。

そんな言葉から俺とミハイ・ヨヴァネルの因縁は幕を開けた。

このミハイ・ヨヴァネルという男は、おそらく今最もルーマニアで注目を浴びている文芸評論家だ。

今までも切れ味ある書評の数々でルーマニア文学界において存在感を放ってきたし、文芸批評本に関しても、例えば第二次世界大戦前後におけるルーマニアのユダヤ人社会を描いた《Evreul improbabil : Mihail Sebastian : o monografie ideologică》や、社会主義政権崩壊後のルーマニア文壇を支配したイデオロギーをめぐる一冊《Ideologiile literaturii în postcomunismul românesc》を執筆、評価は高い。

そんな彼は二〇二一年《Istoria literaturii române contemporane 1990-2020》という本を出版した。タイトルの「ルーマニア文学現代史 1990-2020」が指し示す通り、社会主義政権崩壊後から今に至る三十年にも渡るルーマニア文学史を総ざらいした本で、七〇〇ページを超える大著になっている。これは去年最も話題を呼んだ文学書でもあり、Facebookで相当にこの話題を見かけた覚えがある。

さて、俺が彼のことを知ったのは四年ほど前だ。ラルーカさんの本の書評を〈Scena9〉というサイトで読んだと書いたのは覚えているだろうか、あの書評を書いた存在がこのヨヴァネルなのだ。彼はここにルーマニアを含めた現代文学の書評を定期的に投稿しており、俺もこれをちょくちょく読んでいたのだ。

だが直接繋がりができたのは三年前だ。何がきっかけかは忘れたんだが、あるFacebookのポストがいきなり目に飛び込んできた。「済東鉄腸とかいう日本人の小説家が〈知りあいかも？〉という欄に出てきた、数十人も友達を共有しているらしいが、どうも本当にいる存在とは信じられない……」云々。そして、そこに「関節の外れたインターネット・ミーム」なんていうケッサクな言葉が並んでたんだよ。

これを読んだ時、めっちゃストレートに「何だ、コイツ？」と思った。その後に彼が〈Scena9〉に書評を書いているあの文芸評論家と分かり、興味が湧いた。それでコメント欄にこんな言葉を書いた。

Sunt o memă, desigur.

もちろん、俺はインターネット・ミームさ。

そこに丁寧に俺が書いた作品ページも張ってあげた。

まあ「関節の外れたインターネット・ミーム」って言われる気分は、そりゃ良くないよな。とはいえ彼の書評がなければラルーカさんと知り合いになれなかったという面もある。ルーマニアで有名になりてえななんて下心もあったから、心を少しばかり入れ換えて、結構丁寧なメッセージとともに友達リクエストを送った。そして相手方は申請を受け入れ、俺たちはFacebookで「友人関係」になった。

　だが、何かヨヴァネルのポストとか見てると落ち着いてられなくなるんだよな。こういうのは説明が難しいんだけどさ、小説家として文芸評論家の言葉を見てると、色々なことを思うわけだ。こっちがどういう感じで書いてるかも知らないで、何か適当な言葉繋げて文学を語ってる気になってるよ、とかみたいなね。

　だがこう切り捨てられない評論家もいるんだ。何か俺の小説の本質に迫ってくるというかさ、小説の執筆って行為の地盤を強《したた》かに揺さぶってくるというかさ。ヨヴァネルの言葉はそんな類いのヤツなんだ。書評にしろFacebookのポストにしろ、明晰な思考と冷えた皮肉で小説の核心を暴きだしてくるっていうね。そういう言葉を読むと緊張感を感じるんだよ。ピリピリした何かが俺たちの間にあるって感覚を抱くんだ。

　そしてある時、俺のルーマニア語エッセイが先述した〈VICE România〉に掲載されたんだが、そこにヨヴァネルが反応してきた。エッセイをFacebookにシェアしながらこう言ったんだよ。

Felicitări Tettyo, porțile canonului literar românesc se deschide pentru tine

おめでとうTettyo、君の前にルーマニア文学史の扉は開かれた

この時は、いや何とも複雑だったね。

はっはっは、ありがとよ、この野郎！

そんな変な感謝の言葉しか出てこない感じだった。それで、去年ヨヴァネルは《Istoria literaturii române contemporane 1990-2020》を出版したんだが、俺はこれを知って「俺、ここに載ってる？（笑）」って冗談を書いた。

もちろん、冗談だったよ。だが彼からこんなコメントが来た。

「ああ、載せてるよ」

俺は笑いながら「悪魔的なまでに甘いジョークをありがとう」って返信したよ。だけど彼は「冗談は言ってない」と絵文字もなしにまた返信してきた。

少しの間、固まったよな。

ということはだよ、現代のルーマニア文学の歴史を記した七〇〇ページもの本に

Tetryo Saito の名前が載ってるってことか……。マジに？

確かに俺は日本人なのにルーマニアで小説家になった存在で、ルーマニア文学界では珍しい（とはいえ外国人作家がいないわけじゃないが）。それでもまだ本すら出しちゃいない俺が載るなんてアリか。ヨヴァネルの言葉はマジなのか、冗談じゃないのか。ルーマニアに住んでないから確認できないんだよ、マジにもどかしい。別に冗談でもいいさ。でもこれがマジだったら、何なんだそれは。

本当か嘘かはどうかはもはや関係なしに、その夜は興奮で眠れなかった。載ってたとしても名前だけ言及か、一、二文割かれるだけっていうのは当然だろうけど、ルーマニア文学史に俺の名前が記録される？　そりゃ興奮せざるを得ないだろっていうね。いや、あんなこと思いながらも、いざとなるとこんなはしゃいじゃって情けないもんだが、これがは人間の弱さってやつだよ。

それで本が発売されたんだが、映画批評家の友人が、彼女が運営する雑誌の紙版が出るってことで本屋行くらしいから、ヨヴァネルの本を立ち読みして俺がいるか確認してくれよみたいな冗談を言っていたんだが、そこにヨヴァネルがいきなり割りこんできて、ページの画像を送ってきた。そこには間違いなくTetryo Saito って名前が書いてあったんだ。

世界文学という観点からルーマニア文学の展開可能性が語られるなか、俺のさ、名前が出てくるんだよ。

Cazul japonezului, Tettyo Saito, care, pornind de la fascinația sa pentru Noul Val Românesc, a învățat limba română și a început să scrie proză în această limbă, producând interesante intersecții cultural-lingvistice…

とある日本人、済東鉄腸はいわゆるルーマニアの新しい波に魅了され、この言語で短編を書き始め、文化的-言語学的な観点から興味深い交点を作りあげている

おいおい、おいおいおいおいおいおい！

こりゃさすがにおしっこチビっちゃいそうになったね、マジで。

俺、ルーマニア文学現代史の一部になっちゃったよ。

ということでこの本はルーマニア文壇でも話題になった、かなりね。それがいつしかヒートアップして、自分がヨヴァネル印の文学史の一部になったなんてはしゃぐ人々も

いたよ。

俺も確かに嬉しかったんだ、めっちゃ嬉しかったよ。でも熱狂が増していくにつれてさ、少しずつ冷静になっていって、ただ嬉しいっていう単純なものだけが俺の心にあるわけじゃないってのにも気づき始めた。

そして俺の持っていた古風な考えに立ち戻ったんだ。

芸術家と批評家ってやつは常に優越を競って殺しあう必要があると思うんだよな。俺は小説家として文芸批評家と殺しあわなければいけないし、映画批評家としては映画監督と殺しあわなければならないのさ。

物騒かな、だけど俺のこの考えの根底にはある映画のイメージがある。ウィリアム・フリードキンの『ハンテッド』って映画さ。これはトミー・リー・ジョーンズ演じる軍の元教官と、ベニチオ・デル・トロ演じる狂気に陥った彼の元教え子によるナイフでの殺しあいを描きだした作品だ。だが血湧き肉躍るって感じのアクションではなく、地味ながら血腥いドラマって感じなんだ。

俺はここに批評家と芸術家の理想を見るんだよ、魂同士の闘いっていうね。

実際執筆している時、小説家としてジョーンズが腕の肉をブチ切る場面を想う瞬間があれば、映画批評家としてデル・トロが己の血液を相手の顔面にブチ撒ける場面を想う瞬間があるんだ。そうなんだ、こういう関係性である必要があるのさ、二人のように魂をかけてナイフを振るう必要がね。

確かにヨヴァネルが俺の作品を認めてくれたってのは、おもらしレベルに嬉しかったよ。この喜びを否定するつもりはない。

それでも創作者としてこれに並ぶくらい、いや時にはこれ以上に嬉しいことの一つは己の言葉をかけてこそ戦うべき好敵手を見つけられることだ。

俺はそういう相手を他でもないルーマニア語のなかに見つけることができた。

もちろん、ヨヴァネルの方は俺のことを認知しながらも、今説明したような思いを逆に彼の方が俺に抱いているってことはまずない。

だから俺の次の目標は、彼をこちらへ振り向かせることだ。俺がルーマニア語をどこまでも費やし対峙すべき相手だと思わせてやりたい。

難しいことこの上なしだろうが、やりがいがある。

やってやろうじゃないの。

で、今またルーマニアの出版社に原稿を送る日々が始まったんだけども、そんな時に驚くべき情報を目にした。ルーマニアの人類学者であるイリナ・グリゴレという人物の『優しい地獄』（亜紀書房）ってエッセイ集が出版されたんだ。ルーマニアでの生活と日本での生活を描きだすって本だけど、これルーマニア語からの翻訳じゃなくて本人が日本語で執筆したらしい。

いや、驚いちゃったよな。「お茶吹いた」なんてインターネット・ミームがあるが、これを知った瞬間に俺は驚きのせいで「お茶吹いた」って状況に陥ったよ。本当にこういうのあるんだな。

このイリナ・グリゴレって人に関して全く知らなかったけど、彼女は俺にとっての鏡像のような存在だなって思ったよ。日本語で執筆をするルーマニア人、ルーマニア語で執筆をする日本人って感じでね。

こういう感動の後には「やってやろうじゃないの」って言葉が「やってやろうじゃねえの！」にレベルアップせざるを得ないよな。

俺もマジでルーマニア語でも本を出して、ヨヴァネルにお茶吹かせてやらなきゃね。

東を背負う

今から百三十八億年前、ビッグバンによって宇宙という存在が生まれた。

今から四十六億年前、惑星同士が衝突した末にこの地球が生まれた。

俺の人生に例えるなら、ビッグバンは俺自身の誕生、そして地球の誕生はルーマニア語作家としてのデビューって感じだ。

だがもう一つ、ビッグバンの三十七万年後、どこまでも濁りきっていた宇宙が突如透明になり、無限の世界が開かれた瞬間があった。いわゆる「宇宙の晴れ上がり」だ。

じゃあ、俺の宇宙が晴れ上がった瞬間ってのはいつだったか。

文学にしても映画にしても、日本にアメリカにフランスにロシアにとそういう広く知られる作品も一応は触れてきたけど、俺は相当にへそ曲がりなもんで、歴史に残る芸術には反感を抱いていた。文学史や映画史の権威性は宜しくない臭いがプンプンすると感じていたよ。俺は、歴史の陰に隠れている作品こそ知りたかったんだ。

そんな俺の前に、マジで突然現れたのが「東欧の想像力」シリーズだったんだ。これは松籟社が出版している文学シリーズで、名前の通り古典から現代作品まで東欧文学をめぐるシリーズだった。天の邪鬼な俺にとっては全く未知の国の文学がたくさんあって大興奮だったよ。

例えばサムコ・ターレ（Samko Tále）の『墓地の書』（松籟社）なんかは、とりとめのないイメージの数々が自由自在にくっついていくような不思議なスロバキア文学で、今まで読んだことのない奇妙な作品だった。逆にラジスラフ・フクスの『火葬人』（松籟社）は火葬場に勤める「善良な」男がナチズムに染まっていく様を描きだす悍ましいチェコ文学だったね。

そして日本でも有名なアルバニア人作家イスマイル・カダレの『死者の軍隊の将軍』（松籟社）を読むのは、筆舌に尽くしがたいような読書体験だった。俺にとって初のカダレ作品だがこれに衝撃を受けて、先に翻訳されていた『砕かれた四月』（白水社）や『誰がドルンチナを連れ戻したか』（白水社）を読んで、完全にカダレの世界観に嵌まったんだ。今やアルバニア語すら学んでるよ。

そして前にも話したミルチャ・カルタレスクの『ぼくらが女性を愛する理由』は俺にとってルーマニア文学の始まりなわけで、本当さ、東欧の想像力は俺にとって全ての始まりなんだ。

こうして完全に東欧文学に嵌まったんだが『ぼくらが女性を愛する理由』が出版された翌年、「東欧の想像力」シリーズの番外編として東欧文学ガイドブックが発売されて、これは速攻で買っちゃったよな。

俺にとってこいつは文学的聖書に他ならないんだ。のめり込むように読んで、ここに記載されている作品を無差別に読みまくり、そうして東欧文学を体系的に学んでいった。

ルーマニア文学は当然なんだけども、他にも例えばコンラード・ジェルジュ（György Konrád）の『ケースワーカー』（恒文社）や、ニコライ・A・ハイトフ（Nikolay Haytov）の『あらくれ物語』（恒文社）に、インゲボルク・バッハマン（Ingeborg Bachmann）の『三十歳』（岩波文庫）とかね。もちろん今挙げたのは特に好きなやつだけで、マジで数えきれないほど読みまくったもんだよ。

そして今、この時点でガイドブックを手にして六年が経つ。

あれから何度も何度も参照しまくったりはしたけども、考えてみれば通しで読んだことは久しくないと思った。だから満を持してっていう心境で、エッセイ本を書くにあたってこの本に再訪することになった。

ここまででさ、東欧文学はもちろんなんだが、東欧全体に関する知識を相当に得てきたってことで、内容がより迫ってくるのが読みながら鮮烈に感じられた。ここで描かれている世界がより俺の心に近く感じられたんだ。

だが、なかでも印象に残った、残らざるを得なかったのは「そもそも東欧とは、東欧文学とは？」っていう冒頭に置かれた沼野充義による論考だった。この「東欧」という概念はいかにして「西欧」もしくは「中欧」とせめぎあいながら確立してきたのか、いや確立させられてきたのか、かな。

日本人としてルーマニア語で小説を書いていくにあたって、これは本当に何度だって考えてきた問いなんだ。だから今これを読めたことには大きな意味があると思えた。そして、これについて一応の、現時点での考えを示すのは、俺の義務みたいにも思える。

実はこの問いに関しては今年初めから、本腰入れて考えているんだよ。俺はTwitter中毒って感じで色々やってるんだが、スペースっていう即席ラジオみたいな機能を使って、東欧映画が好きな友人たち（いつもありがとう岡田さん、オデッサさん！）とただただ東欧映画について語るってことを定期的にやっている。この初回で、先の問いについて話し合ったんだ。

まず、俺の大雑把な「東欧」理解というのは、いわゆる東側ブロック、もしくは共産主義の影響を受けた地域ってことだった。だからポーランドやらルーマニアやら東欧の想像力で取り上げられてる国はもちろん、バルカン諸国やコーカサス地方も入る。更にこれはあんまり納得されないだろうが、中央アジアも個人的には緩やかな形で含めているんだ。

〈The Calvert Journal〉っていう、おそらく東欧に関する最も有名な英語カルチャーサイトがある。これはロンドン在住のロシア人ジャーナリストが設立したサイトなんだが、中欧と東欧はもちろんバルカン諸国やコーカサス地方、中央アジア、そしてロシアまで含め、文学から映画、写真から建築まであらゆる文化を紹介している。ここがこの地域をまとめてNew East、つまりは「新たなる東」と呼称していてさ、このサイトから現在進行形で白熱する東欧の若い文化を学んだ俺は、この概念がそのまま「東欧」と繋がっているって言いたくなる。だから俺の想定する「東欧」はかなり広いんだ。

それから「中欧」って概念だな。この東欧か中欧か問題は日々話題に上がったりするよ。そこに住んでたりルーツを持ってたりって人に対して東欧って言葉を使っていいのか分からなくなる時はよくある。例えばハンガリーの人と話していた時には「〈中欧及び東欧地域〉って言い直した方がいいよ」なんて言われたことがあった。あと単純に、外部の人間がどこを東欧と呼称しているのかがよく分からないなんて意見をもらったこともあった。「東欧」に関しては総意というものが存在していない。

まあさ、結局「東欧」って言葉の持ち主はそこに住む人々であって、自分たちはこの呼称を使わせてもらっているって考えでないといけないとは思うよ。東が嫌なのは、東欧は西欧のオリエンタリズム（その語源orientの意味は正に「東方」だ）を最も近くで味わわされてきたからこそなんだろう。

でも……、いや、これはマジで極個人的な意見として聞いて欲しいんだが、俺は本当に「東欧」って言葉に独りよがりな愛着ってやつを抱いてるんだ。たぶん、それに関しては今まで長々と言葉を連ねてきたからある程度は分かってもらえると思うんだが、もう一つ、ある種めっちゃ馬鹿げていて、だからこそ重要な理由があるんだ。

実は「東」って俺の本名に入ってる一文字なんだよ。三十年間この「東」を抱えながら生活している。だからさ、やっぱ思い入れがあるんだよ。それで東欧って呼ばれたくないみたいな言葉を読むと、何か、マジでめっちゃ勝手なのは分かってるんだが、悲しくなるんだよ。

しかもこちとら日本は東アジアどころか極東で、東を堂々と抱えてきてるわけで、それを忌避されるのは寂しい気分なんだ。様々な歴史的背景を、それでもここでは一度全部うっちゃって「おいおい、お前らも俺たち東の仲間だろ！」ってさ、個人的にはマジで叫びたいんだよ。そして俺はルーマニアでデビューした時にTwitterに呟いたこの言葉を思い出すんだ。

> 私はルーマニア語で小説を書くことによってルーマニア文学に、あれほど貪り憧れ続けていた東欧文学の一部に、私はなったんだ。これほど誇りに思えることはない。

そうなんだ、そうなんだよ。これを今また読んで、ルーマニア語で小説家になった時の興奮がブワッと込みあげてきたんだ。ルーマニア文学の一部になれたことも嬉しかったけど、それと同時にあれほどまでに憧れていた東欧文学の一部に俺はなれたことも、マジで最高の気分だった。

やってやったんだ！とそう思えたんだ。そしてこれからも俺はルーマニア文学を、東欧文学をやっていくんだってね。

それでさ、俺のペンネーム、今は「済東鉄腸」なんだが、映画批評家としては済「藤」鉄腸って名乗ってたんだよ。じゃあ何で漢字を変えたんだってのだが、先のことを考えるにあたって名前に「東」をつけたいってのはずっと思ってた。だけど機会がなかったんだよ。だからルーマニアで本を出版する暁には改名しようかなって思ってたんだけども、そこにこのエッセイを書く話が舞い込んできて、ここしかない！と思った。

ルーマニアもそうだけど、東欧文学に育てられてきたからこそ、作家として「東」を背負っていきたいってそんな決意が、今の俺にはあるんだ。

先に触れた沼野充義のエッセイにも載ってたけど、昔は『現代東欧文学全集』（恒文社）なんて全集が日本でも発売されていた。つまり日本で東欧文学が、他の主流文学とは異なるオルタナティブな、また一つの教養として受容されていた時代があったってことだ。

俺の今の野望はこんな時代を復活させるってことなんだよ。ルーマニア語で小説を書くっていうのもそうだが、逆にこうやって日本語でルーマニアや東欧について書いていったり、アルバニア語とかスロベニア語とか東欧の言語を他にもマスターしたり、そうしてまた別の言語で小説や詩なんか書いて、積極的に東欧文学の時代ってやつを手繰り寄せたい。

もし有名になったら東欧文学の翻訳者と対談したりなんかして、東欧文学について思う存分語るなんて場も作りたいよ。東欧の想像力と何かコラボレーションできたらとかそんなことを思ったりする。

俺は今までにないくらい張り切ってるんだ。

そんな漲るパワーの源がこの「東」なんだ。

俺は俺として、一生ルーマニア語で

全編通じて俺俺俺俺、何回「俺」って書いただろうね。いや、数えるのも恐ろしいところだな。

ところでこの「俺」をルーマニア語に訳すとeu（イェウ）になる。というか「私」もeuで「僕」もeuになる。つまりルーマニア語の一人称はeuしか存在しない。

そんなルーマニア語で小説を書き続けて思ったのは、日本語って一人称が多すぎて収拾つかなくなってるってことだ。一人称が定まらないっていうのは日本語話者のあるあるだろうけども、そんなカオスに疲れはてた時にルーマニア語のシンプルさは昼のまどろみのような落ち着きをくれるね。

いやさ、この本では俺俺言いまくってるけど、そんな俺にだって一人称が定まらないって時代はあったんだよ。

改めて言うが、俺の普段使いの一人称は「俺」である。Twitterでは別人格を作るって意図で「私」を多用しているが、基本的にはほぼ「俺」だ。昔からこれを使ってきたわけだけど、何でかってやっぱ響きがカッコいいんだよ。例えばジャンプの主人公はかなりの数「俺」を使ってるだろ。空条承太郎とか黒崎一護とか。「僕」や「私」じゃ何か締まらないって感じでね。

それから特撮大好きな俺としては「仮面ライダー電王」の決め台詞である「俺、参上！」には毎回痺れてた。だからもはや「カッコいい＝俺」なんて方程式が頭にできてる。学生時代なんか全くイケてない人間だったから、せめて一人称は「俺」を使ってカッコよさを気取ろうとしていた。

この価値観を再考し始めたのは大学でフェミニズムを学び始めた時だ。「俺」が持つカッコよさは男らしさと重なるが、これは女性を踏みにじる価値観と表裏一体ではないか。そして突き詰めすぎれば、自分自身をも苦しめる有害さを持つのではないか。「俺」って一人称はそんな危険性があると。

で、俺はTwitterでフェミニストの人も何人かフォローしてたけど、こんな主張をする人がいた。

「俺という一人称はマチズモ、そして家父長制の象徴。だからこの一人称を使う男は家父長制の使徒、差別者だ！」

かなり過激な言葉だが、へそ曲がりな俺はこういう過激な主張に感化されやすくて、実際に「俺」って言わなくなった。代わりにTwitterで使ってた「私」が日常使いになっていくんだよ。で、この状態で色々と考えていると、一時期「俺」に傾倒していたのはある種「僕」への反感でもあったのではないかって思い始めた。「僕」もしくは「僕」って使ってる人間を軟弱と思っていて、その軽蔑が「俺」の多用に繋がっていたのではと。

そしてもう一つ。高校の頃、俺はクイズ研究会だったけども、俺たちの隣には文芸部がいて、結構うるさかったんだよ。漫画やラノベを読みながらめっちゃ感想話してるんだけど、部員のなかに「僕」って一人称を使ってる人が何人もいた。全く批判されるべきだが、当時の俺は彼女たちをキモいとか思ってた。女なのに「僕」って何だよ、意味分からねえわってね。

振り返ればこれは完全にミソジニーの発露なんだが、こういった負の感情の数々が合わさり「俺」っていう一人称を使うことになってるのでは？って考えに辿りついたんだよな。それで自然と「俺」とは距離を取ることになる。でもそこでもやっぱ、うまく説明できないモヤモヤしたものを抱き続けざるを得なかった。

そんな状態が長く続く最中、突然ルーマニア語と出会うんだけど、話すにしろ書くにしろ、一人称を表現するにあたって使える言葉がeuしかないから、物事がめちゃくちゃシンプルになった。一人称についてほとんど考える必要がないってここまで楽だったんだなと。

でもこの長く状態にいると、不満も覚え始める。特に小説家としては日本語の一人称、そのそれぞれのニュアンスを全く再現できないことはむず痒い。そこで、一人称を色々選べるってのは日本語の長所だったんだなと気づいた（それが翻っての短所ってのも同様にあるけどね）。

同時に、フェミニズム界隈でも厭な流れがあった。いわゆるトランスジェンダーを排斥するTERFの台頭だよ。で、俺が以前結構尊敬していた「俺という一人称は家父長制の象徴」みたいな主張をしていたフェミニストがことごとくTERFとしてトランス差別を行うようになってったんだよ。ここで俺も自分が危うい状況に陥ってたのを悟ったんだけど、じゃあそこで何をすべきかって考えると、それは他でもないトランス当事者の声を聞くことだと思ったんだ。だから俺はクィア理論を学んだり、トランス当事者の書いた書籍を積極的に読むようになった。

ある日、Twitterでトランス男性が自身の体験談を語るって漫画を読んだ。自分が女性として扱われることへの違和感なんかが綴られてたわけだけど、そのなかに、友達の前で「私」という一人称を「俺」に変えて、本当の自分として生きるって一歩を踏みだせたって描写があった。これを読んで「俺」って一人称に愛着と不信の両方を感じていた自分は、マジでじんときた。

その後にも、トランス男性当事者の書いた文章や本を読んだが、特に彼らの一人称への葛藤に共感したよ。彼らもフェミニズムなど色々学んできて生き方を模索するなか、でも「俺って一人称は家父長制の象徴」なんて極端な論とかを超え、自らの手で「俺」を選び取ってたわけだよ。

これを読んでたら、自分も「俺」っていう一人称を素直に愛してもいいのではないか?っていう思いが生まれた。それでも一歩踏み出すってことの難しさがあった。

そこにこの本を書く機会が到来したんだ。俺の人生を書く機会ってやつが。

ここで俺が「俺」って一人称への思いを語らなきゃいつ語るんだよ？　でもやっぱめっちゃ不安でさ、編集の人に「このエッセイ集の一人称、〈俺〉で大丈夫ですか？」なんて恐る恐る聞いちゃったよな。そしたら、彼女は言ってくれたよ。

「もちろんですよ！」

そっから、もう俺は鬼神のような勢いで書いてたね。そしてこの「俺」って一人称を愛する行為は、俺自身を愛する行為へと繋がる。

ここで何が起こるかといえば、己のエゴイズムを一回全面的に肯定してやろうっていう、伸びに伸びた鼻のような野心だったんだ。

よく一般論として、引きこもりのクセに態度だけはデカいとかいう言説あるよな。いや「クセに」じゃないんだよ。むしろ引きこもり「だからこそ」態度がデカいんだ。それは何故か。

俺たち引きこもりは、自己肯定感がマリアナ海溝の底よりも更に深い場所に沈んでるんだよな。このマジで絶望的な状況に耐えるため、自尊心は天よりも高い場所にある。鼻がマジで地球突き抜けるくらい高くなってんのよ。そうじゃないとバランス取れないからね。そしてこれが強大すぎるエゴイズムとナルシシズムに繋がるんだ。

俺自身、この自己肯定感と自尊心の多大なるギャップをヤバいと思っていて、何とか是正しようとしていた。そして数えきれないくらいの失敗をやらかしてきた。

そこで空しさにうちひしがれてた時、現れたのが「俺」なのさ。一回この状況に開き直ってみりゃどうだ？

ナルシシズムってのは日本語にすりゃ「自己愛」だ。悪い意味として使われちゃいるが、でも漢字をよく見ろ。「自己を愛する」んだよ、それってそんな悪いことか？　自分が自分を愛せなきゃ誰が愛するんだよ？

一回、堂々と自分を愛してみせろよ。

そして堂々とお前自身「俺」と言ってみろ！

こういうわけで、この「俺！　俺！　俺！」っていう本が生まれてしまったわけよ。

「後は沈黙！」なんて、ハムレットみたいに言えればいいが、そうもいかない。

あの二月二十四日、ロシアがウクライナへの侵攻を開始した。ウクライナの隣国であるルーマニア、それから同じくルーマニア語圏であるモルドバにも戦争の脅威が波及していくのを、俺は遠い日本から日々目撃する羽目になっちまったんだよ。

俺は千葉に住みながらルーマニア語で小説や詩を書くという、マジで奇妙な状況にある。それほどルーマニアやモルドバ、その文化が好きということでもあるってことは間違いない。肉体は千葉にあるけども、魂の故郷はルーマニア、そしてルーマニア語にあると幾度となく言ってきた。だけどさ、ウクライナ侵攻に怯えるルーマニアの人々の言葉を見ると、何か結局、現実が見えていないという単純な事実に思い至ったよ。

ルーマニアと日本には、物理的に圧倒的な遠さがある。そして俺は難病とか色々あるからさ、本当に遠いんだよ。

例えばこの本を書くにあたって、色々と語学エッセイの類いを読んだりしたんだけども、そのたびに大分へこんだんだよ。というのもみんな普通にさ、その外国語が話されている国に留学とか移住して、言葉だけじゃなく生活様式や文化そのものも勉強して、研究してるってそんな光景が描かれているからさ。翻って俺なんかはルーマニアには一度も行ったことがないし、俺って完全にインチキ野郎じゃねえかって。

そしてルーマニアへの移住は俺の夢だったけども、クローン病によってほぼ潰えたって気分なんだ。そう思った時から、精神的にも遠く思えるようになったよ、そりゃもう別の次元にあるのではと思えるほどにね。

でもさ、ウクライナもルーマニアもモルドバもあまりにも遠いから自分は無力だとか言うのも、だからこそ日本に住む自分の日常を守らなくてはとか言うのも、もはや偽善のようにしか思えなくなってくる。じゃあ何をすればいいのか？っていうのも簡単には思いつかない。俺は完全にうちひしがれちゃったんだよ。

そうして俺が千葉に住んでいる、日本に住んでいるという事実が重くのしかかってきたんだ。何で千葉に住んでる日本人である俺はルーマニア語が分かるのか？　そして今、何で俺はルーマニア語で小説を書いているのか？　この意味はマジで一体何なんだ？

そう悩んでる時だ、この本の執筆依頼が舞い込んだのは。だから俺は企画が完全に固まる前から、もはや見切り発車って勢いで執筆に全身全霊をブチこんできた。この作業は俺自身の人生、ルーマニア語とともに生きた道筋を振り返り、そこに意味を見出していく過程になった。こんな俺の人生にも意味があるんじゃあないかって自分で思えるようになるための過程になった。そしてその傍らには常にルーマニア語がいてくれたよ。

今まで過去は全部クソで、未来は一切存在しないで、ただただ苦痛の現在を過ごすってそういう日々だった。でも今は俺の過去もそんな悪いものじゃないかもとか思えたり、何より未来について考えるって余裕ができたんだ。今度はクローン病のエッセイ集を書きたい、「東欧の想像力」シリーズから俺の作品集が出したい……悪くない気分だよ。

でもそうだ、やっぱ一度でいいからルーマニアに行ってみたいよ。今だからこそルーマニアの友人たちに直接会って、彼らに感謝を捧げたい。俺の人生を認めてくれてありがとうと。

それから、ああ、ルーマニア語よ。こんなナルシシズムに開き直った馬鹿野郎に付き合わせてしまって、本当申し訳ない。それでも、神経衰弱マジでギリギリの状態の俺に助け船を出してくれて、この本を完成させてくれたのはルーマニア語のおかげなんだ。

本当に、ありがとう。

そしてもう一つ。この本はまず俺自身のために書いたんだけども、俺みたいなやつのためにも書いてる。つまり、文学が好きでそれで世界に打って出たいとか思いながら、体が弱いだとか、財力や時間がないって理由で、どうしても日本で燻ってしまってる、部屋に引きこもってしまってるようなやつのためだよ。実際に外国に移住したり、世界を飛び回ったりして、外国語で小説とか詩を書いたり、文学を研究しているって人間に比べて、自分なんかウンコやんってへこんでるアンタだ。というか今はコロナで全部が酷いことになってるから、日本中にそんな風にへこんでる人々が溢れている。

だが俺はアンタにこそ、他にはない可能性があるって信じてるよ。何でってそれは俺だからね、自分なんかダメダメだと思い続けていたかつての俺。外国に行く必要がないとは言わないよ、行ける機会があるんなら行くべきだ。だが今立っているその場所でもやれることがある、その場所でこそ成し遂げられることがある。

最後に、俺の座右の銘を送るよ。

Mai bine sau mai rău, cel mai uriaș avantaj e că ești acolo acum tu

良かれ悪かれ　今お前がそこにそうしているのが最大の強み

BUCK-TICK「NATIONAL MEDIA BOYS」

重要なのはどこにいるかじゃない。俺たちが今そこにいること、これ以上に価値のあることはない。だから俺にとっては、他でもない今にそこに立ってるアンタこそが未来だ。やってやれよ、おい！

これを書き終わった時点で、俺の新作短編が毎度お馴染みルーマニアの文芸誌〈LiterNautica〉に掲載された。ミハイにはいつも世話になってるよ、本当に。

俺は一生ルーマニア語で書き続けるよ。やっぱりルーマニア語は俺にとって魂の言語で、俺の魂の故郷なんだ。もはや、ルーマニア語で書き続けることを止められやしないんだ。

これが俺の人生だからね。

Mulţumesc, mulţumesc cu frumuseţea maximă, limba română!

おわりに

9

この本の執筆中、俺は三十歳になった。

引きこもりで仕事もなけりゃ金もないんだから、さぞ惨めな気分でこの時を迎えると、おれ自身が一番思ってたが、実のところ俺はとてつもなく清々しい気分だった。何でってこの本の執筆をしていて、自分がデカいことを成し遂げてるってずっと思えてたからだ。二十代最後と三十代最初をこの本とともに生きられたことに感謝したいよ。

そう、感謝だ。俺は三十歳のこの一年を感謝の年にしたい。

だから執筆にあたって世話になった本や人へ感謝を捧げたい。

ありがとう『「言海」を読む　ことばの海と明治の日本語』(KADOKAWA)。

これは本を執筆する際、成り行き上まず始めに読んだ本だった。

読書ノートにはこんなことが書いてある。

「ということで、あの日辞書のやつ書こうと思ってこれを借りたんだけど、何か本執筆するかもとかなりさ、まだかもなんだけども現実味がない。」

日本語おかしいところ多々あるが、原文ママ。その日本語のブレっぷりが本執筆の依頼を受けるという急展開への動揺を映しだしていて、微笑ましい。これ含め辞書がテーマの本で得た知識は正に生かされているし、こっから執筆が始まったことは間違っちゃいなかった。

ありがとう『しゃがむ力　スクワットで足腰がよみがえる』(晶文社)。

この文章を書く前、つまり執筆を終える前、最後に読んだ本だ。最近、家庭の医学本をめっちゃ読んでるが、しゃがむって行為を実はちゃんとできてなかったって発覚して愕然としたよ。俺も健康になりてえな。というか難病だし「健康」ってのは叶わぬ夢だが、ならいっそ俺なりの「健康」という概念を組みあげていきたいもんだね。

そしてもちろん、執筆開始の三月十九日からこの文章執筆の十一月二十六日までに読んだ計六六七冊の本にも感謝を捧げる。あざっす！


ありがとう、Twitter とFacebook。確かにＳＮＳっていうのは危険な側面もあり、のめりこみすぎれば人生が破壊される可能性もある。

だがまともに外にも社会にも出れなかった俺にとって、この二つは世界へと俺を繋げてくれるどこでもドアだった。そしてここを通じて出会い、支えてくれた人々のおかげで今の俺がいる。ＳＮＳが俺にもたらした幸福と騒動へ、同時に感謝を捧ぐ。


ありがとう、日常のなかの小さな奇跡たち。

家にいるのが辛くて、ファミリーマートの小さなイートインコーナーで経済学者Ｊ・Ａ・シュンペーターの解説本を読んでいたら、あるおじさんが突然タクシーの呼び方を聞いてきて、何だかんだでモンスターとコカ・コーラ奢ってくれたよ。

そしてショッピングモールで言語哲学者であるソール・クリプキの本を読んでいたら、

ある男の人が横から「実は大学でクリプキを勉強をしていたんですよ」と話しかけてきて盛り上がったよ。俺はこの瞬間の驚きと喜びを一生忘れないだろう。

もし今後、俺が偉大なことを成し遂げるとしたら、それはこういう優しさと好奇心でできた奇跡のおかげだ。ありがとう。


デザイナーの木庭貴信さんと装画の横山裕一さんにも感謝を。

木庭さんが装画に使いたいってことで、横山さんの作品を初めて見た時、あの凄まじく騒々しい画に衝撃を受けた。こいつは執筆中の俺の脳髄で起こってる風景まんまだってさ。

そして内容読んだだけでこれを見抜いた木庭さんの慧眼たるや！

お二方にも感謝を捧げる。


そして、編集の三上真由さん。

権威のお墨付きを得て華麗にデビューなんて確かにカッコいい。今もちょっと憧れてる。だが今はたった一人の情熱と好奇心によってこそ初めての本が出せたって、さらにカッコいいデビューを果たせたとそう思える。

ミハイとともに、アンタは偉大なる恩人だ。

三上さん、ありがとう。


ありがとう、オリヴィア・プトゥイェル。

君は俺が英語とルーマニア語、そして日本語の三言語で話せる唯一の存在だ。そうやって言語を縦横無尽に駆け回る会話には日々刺激を受けている。

早く日本に来て、エリアーデの『マイトレイ』（作品社）を題材に俺を撮影してくれ。そして写真たちをオリエンタリズム5.0とでも題して俺のルーマニア語詩と一緒に展示し、写真界をアッと言わせてやろうじゃないか。

オリヴィア、君には三つの言語で感謝を送る。

Thank you, mulțumesc, ありがとう。


親へ。

正直、今はまだ感謝も謝罪も語る勇気がない。

だがこれだけは言わせてくれ。

これから改めて、ともに生きていこうと。

最後に、東大暉へ。

数々のクソみたいな事態を潜り抜け、お前は三十年間生き抜いた。

やってやったな、お前は。

ユーゴスラビアの作家ダニロ・キシュはこんな言葉を残している。

「苦悩と狂気のゆえに、私は貴方がたよりも、美しく豊かな人生をおくった。」

お前の三十年にこの言葉を捧ぐ。

そしてこれからどうなるか分からんが、それでも今はお前にこう言ってやりたい。

生まれちまったもんはしょうがねえ！

どうせなんだから生きてやれ、お前のその人生を全力で！

BRUJA

Diznei cenal

2022

ラルーカさんのオススメはこの女性ラッパーだ。まだアルバムも出していない新人だが、Spotifyを見ると2019年からの活動で既に20曲以上も曲をリリースしていて、どれも頭蓋骨を強かに打つようなゴリゴリのトラップで聞いててアガるよ。この最新シングルなんかジャケットが落書きされたミッキーマウスで、著作権ガン無視のその意気やよし!

Rana

Verde electric

2022

これはキラ先生とともに俺にルーマニア語詩を教えてくれた詩人ラモーナのオススメバンドだ。雨上がりの晴れ間に広がる空気みたいに透明感がある音とともに、愛を歌う詩が囁かれる。そんなロマンチックな感傷が彼らの音楽には満ちていて余韻が深い。詩人であるラモーナがこのバンドに惚れこむのも、聞いてると納得しちゃうね。

Adrian Enescu

Funky Synthesizer 2.0

2015

ルーマニア電子音楽史において高く聳える存在がエネスクだ。これはSpotifyで聴けるベストアルバムだが、中でも初めて〈Autostrada (Highway)〉を聴いた時の衝撃たるや。《Ringul》ってボクシング映画のOPなんだが、田舎の高速道路地帯がブレードランナーの未来都市も斯くやの世界に見える……は過言かもだが、忘れがたい衝撃があったよ。

Phoenix

Cei ce ne-au dat nume

1972

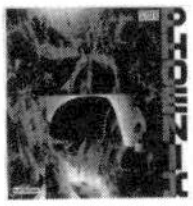

間違いなくルーマニア国外で最も有名、国内でも毀誉褒貶ありながらその偉大さは誰も否定できない歴史的ロックバンドだ。ロックへの社会主義政権による弾圧を逃れるため、プログレとルーマニアの伝統音楽を融合したことによって唯一無二の音楽性を獲得というのが規格外。Spotifyにあるのは全部聞けくらいのもんだが、1つ選ぶならこの第2アルバムだ!

Ada Milea

Aberații sonore

1997

俺はこのシンガーソングライターの曲をある映画の予告編で初めて聴いた。タタタタ言いまくってて変な曲だった。調べると、彼女はアコギ片手に真顔でくだんねえギャグまみれの歌を歌いまくる人物だと知った。俺の聴いた曲もタタタタって韻を踏みながら「大学卒業しちゃった！　死にたい！　パパ助けて！」と泣き言を言う曲だと知った。俺のことじゃねえか！

George Enescu

Enescu: Romanian Poem
Romanian Rhapsodies Nos. 1 and 2

1991

このリストについて考えている時、友人のアンドレーアが俺の盲点を突いてくれた。そう、ルーマニアのクラシックを忘れていた！　ということでこの国で最も有名な作曲家ジョルジェ・エネスク、彼の代表曲「ルーマニアの詩」と「ルーマニア狂詩曲」を、ルーマニアのオーケストラによる演奏で聞けるこのアルバムをぜひ聞いてくれ。

Zdob şi Zdub

Basta Mafia!

2012

親友やみのオススメ1つ目。彼女はルーマニアの一部と隣国モルドバ共和国を含めたモルダヴィアって地域出身なんだが、この地域の誇りみたいなバンドだ。モルドバ代表でEurovisionにも出場してるから日本でも知ってる人はいるかもね。ヒップホップにロックにモルドバ民謡にロマ音楽全部乗せな音楽は、聞いてるだけでBUCHIAGE間違いなし。

Daniela Condurache

Unde-i joc

2015

親友やみのオススメ2つ目。社会主義時代にデビューしたルーマニアの国民的歌手の1人だそうで、彼女の歌を聞いていると、野山を駆け回る民族衣装の少年少女の姿がまぶたの裏に浮かんでくるようだよ。驚いたんだがSpotifyじゃ彼女のベストアルバムが配信されてるんだ。ルーマニア含め東欧の音楽全般が気軽に聴けるなんていい時代だ、マジでさ。

PLANT

DEMOS

2021

時々、メディア露出とかはそんなにしないで、己の音楽をひたすらに鍛えあげる求道の匠みたいなロックバンドいるよな。俺にとってそんな燻し銀の存在がPLANTだ。前から活動自体はしてたが去年初のEPをリリース、小手先の虚飾とかは一切なし、シンプルで力強い、剥き出しのロックってやつは、俺にとって彼らの音楽だね。

Pyroblast

Amurg

2022

ここもかなりの若手バンドなんだけども、なかなか興味深いのがその音楽性だ。基調はロックなんだけども〈La fereastra ta〉では80年代ディスコポップ、最新の〈Amurg〉はトラップなど他領域の音楽を貪欲に吸収して、毎回印象を変えてくる。この試行錯誤が発売予定のデビューアルバムとしてどう結実するのか? これがなかなか楽しみだね。

O-Zone

DiscO-Zone

2005

ルーマニア語音楽という意味では欠かせないのがこのアルバム収録の1曲〈Dragostea Din Tei〉、というかまあ「恋のマイアヒ」だ。これが日本でも超流行ってた頃、俺は中学生でご多分に漏れずめっちゃ聞いてたが、これがルーマニア語の曲とは思わなかったし、10数年後まさかこういう形で再会するとも思うわけがない。人生って不思議なもんだよ……

Robin and the Backstabbers

Bacovia Overdrive Vol.1 Stalingrad

2012

俺と同世代のルーマニアの人に「最近のバンドでオススメは?」と聞くと、結構な確率で返ってくるバンドがこれだな。俺の印象としてルーマニアのメインストリームに最も近いバンドの1つで、聞いていると爽快感があるというか、ルーマニアの草原に吹く風、感じちゃうよな。本国では"メロドラマティック・ポップ"と形容されているが納得だね。

ZIMBRU

Little Creatures

2019

群雄割拠のルーマニア・オルタナロック界でも異彩を放つバンドによるデビューEPがこいつだ。金属の波動のようなノイズ、そして深淵からの呼び声みたいなボーカルに彩られたロックが鼓膜をグワングワン揺らしてきて、底知れない不穏な迷宮に迷わされるような感覚がある。だがそこに神々しい光が差すって大いなる余韻の最終曲〈Dyo〉がベストだね。

Astro Générale

One

2022

一昨年いきなり彗星のごとく現れたと思いきや彗星のように消え、そしたら今年マジで突如デビューEPリリースで一筋縄じゃ行かない存在だ。音楽性は宇宙の片隅に浮かんでる極彩色のディスコで流れてそうな、ちょっとスカしてるけど間違いなくカッコよくて何か悔しさすら感じるシンセポップって感じ、ここんとこも一筋縄じゃ行かないわけよ。

Makunouchi Bento

Ghostphobia

2020

俺の趣味の1つ、それは日本語がついてる海外のバンドを探すこと。このルーマニアのバンド見てくれよ、なあ、名前が"幕の内弁当"だってよ、信じられるか? しかもSpotifyで楽曲も聞いてみてくれ、これがゴリゴリの実験電子音楽なんだよ。何だろうな、MERZBOWとか灰野敬二とか日本の実験音楽に影響受けての命名なのかね? 謎がいっぱいだ。

Diavol Strâin

Elegía del Olvido / Elegía del Horror

2021

日本語名の海外バンドは少なくないが、ルーマニア語名の海外バンドはマジに少ない。でもこのバンドを見つけて驚いたよ。現代のバンドなのに80年代回帰なダークウェーブって音楽性も凄いが、チリのバンドなのに名前が"海外の悪魔"ってルーマニア語なんだからね。でも"Strâin"じゃなく"Străin"なんだよな、正しいスペル。ただのミスか、それとも……

ルーマニアックのプレイリスト

Toulouse Lautrec

Dejun pe iarba

2015

まずは俺がルーマニア(語)音楽にハマるきっかけを作ったバンドを2つ紹介。1つ目はこれで、2010年代のオルタナロック界において確かな演奏技術でそこはかとねえ青臭さで人気を獲得。ボーカルが結構なダミ声で、そっから紡がれるルーマニア語の可笑しみが妙に鼓膜にこびりついて、もうずっと頭から離れなくてさ。で、このザマよ。

Pandrea

Artă & meșteșug

2017

2つ目がこのバンド。超絶技巧で転調ブチこみまくるジャズみたいなロック大好きなんだけど、このアルバムはその嗜好にドンズバ、Bandcampで衝動的に買っちゃったよ。今でもバンドページに英語で書いた激励メッセージが残ってる。そして今年、5年越しにFBでバンドメンバーと友達になってさ、今度はルーマニア語でメッセージ書いたよ。感動だね。

Mes Quins

Vive la promiscuitate!

2016

これはコメディアンのSilviu Ghermanによるエレクトロ・デュオだ。聞いてもらえば分かる通り、そのルーマニア語、めっちゃ聞き取りやすいんだよ。何か日本人が話してるみたいに発音が鮮明なんだ。でもその聞き取りやすいルーマニア語で妙なこと言いまくってんだよね。というかアルバム名が『乱交万歳!』だし。変なアルバムだよ。

Sofia Zadar

Lyra

2021

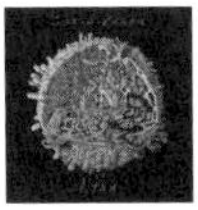

初めて彼女を知った時、かなり保守的なルーマニアでもクィアな自分を偽らないアーティストが現れたかと少し感慨深かったよ。このEPからの先行シングル《Coming of Agency》は題名からも少し伺える通りカミングアウトテーマにした曲で、アンニュイな響きのメロディから一転、疾走するような解放感を伴うサビには感動があるんだ。

コレクティブ 国家の嘘

アレクサンダー・ナナウ

2019
Alexander Nanau Production

2015年、首都ブカレストにあるクラブ・コレクティブ、ここで起こった火災によって27名の命が失われた。しかし病院に運ばれた重症患者たちが謎の死を遂げていく。これを不審に思った記者たちは調査を開始、ルーマニアの医療体制の嘘が暴き出されていく。このドキュメンタリーはルーマニアの現在に取り憑く絶望を痛烈に描きだす1作で、「例え海外で差別を喰らわされるとしても国外移住に踏み切る人々が多くいるのか?」という問いへの1つの答えでもある。でも俺はルーマニアの芸術家ほど自国を痛烈かつ驚くべき形で批判できる人々はいないと思っているよ。そしてそれは得難い希望でもあるとも信じている。そこに惚れこんで、俺もルーマニア語で創作を始めたんだ。

キャプテン・アメリカ

ウィンター・ソルジャー

ルッソ兄弟

2014
マーベル・スタジオ

1人、皆に知られていないけど実はルーマニア人って俳優を紹介させてくれ。それがハリウッド俳優のセバスチャン・スタン、マーベルファンにはウィンターソルジャーa.k.aバッキー・バーンズとしてお馴染みだろう。彼の一世一代の名演が見られるのが今作ってわけよ。謎の覆面兵士として登場、圧倒的な力を見せつけた後、実は彼がヒドラに洗脳されたキャプテン・アメリカの親友バッキーだったと明かされ、そして来たる最終決戦!なんて、マジでスタンの演技を味わうためにある映画みたいなもんよ。で、彼がルーマニア人ゆえに続編の『シビル・ウォー』ではブカレストが登場、スタンもルーマニア語をほんのちょっと喋るよ。俺もルーマニア語でスタンにインタビューしたいもんだね。

Veronica

Elisabeta Bostan

1973
Casa de Filme Trei

この監督は子供映画の名匠として名高い人物なんだけど、彼女の作品でも最もルーマニアの子供たちの心に残っているって映画がこれだ。ヴェロニカって少女が魔法のかばんをもらってさあ大変、歌って踊っての大冒険!ってシンプルな筋書きだが、極彩色の美術に弾けるような音楽にとおもちゃ箱ひっくり返したような様が何より楽しい。だが心に残る1作であることの理由は単純に面白いからってのもそうだけど、あまりにテレビ放映されすぎて何度も観たゆえにもはや忘れられないって側面もある。実際俺の友だちのやみはテレビでこの映画を観すぎて今じゃ大嫌いになったそうだ。そういう妙に複雑な愛憎が存在する映画でもあるわけで、ルーマニア映画史においても独特の立ち位置にある。

Nunta de piatră

Mircea Veroiu / Dan Pița

1973
Filmstudio Bucuresti

Ion Agârbiceanu（ヨン・アグルビチェアヌ）の小説を元にした中篇映画2本で構成される作品なんだが、これに関してはまず題名について説明させてほしい。《Nunta de piatră》っていうのはルーマニア語で「石の結婚式」って意味だが、これはCasa de piatră（石の家）って決まり文句を踏まえてる。「石造りの家みたいにこの結婚が丈夫で長く続きますように!」という願いの込められた言葉で、今でも誰かが結婚式の写真をFBであげるとこの言葉がコメント欄にずらりと並ぶ。そういうお祝いの意を全く反転させて、結婚を一種の呪いとして描いているのがこの作品なんだ。ルーマニアの民話が元になっているゆえにルーマニア人の精神性、というか業すらもここには見えてくるんだ。

Câmp de maci

Eugen Jebeleanu

2020
Icon Production

ルーマニアはLGBTQの権利という意味ではかなり保守的な部類に入る。同性愛を描く映画が上映される際、その映画館で宗教右派が抗議活動を行うって事件も起こってる。ルーマニアの“伝統的な家族”が失われるってね。今作はこれを基にしたドラマ作品だ。主人公は警察官の男性、彼はゲイであることを隠しながら生きてる。ある日、レズビアンが主人公の映画が上映される映画館で抗議活動が起こり、彼はここで警備を行うことになるが……この映画は同性愛者たちをめぐるルーマニアの過酷な現実を静かに、しかし凄まじい勢いで観客に叩きつけてくる。俺、ルーマニア大好きだからさ、こういう現実を見るのは辛いよ。でも差別と闘うには知るってことが必要だ。そんな意味で俺にとって本当に重要な1本だ。

アンラッキー・セックスまたはイカれたポルノ

ラドゥ・ジューデ

2021
MICROFILM

このラドゥ・ジューデって監督は、先述のムンジウやプイウ、ポルンボユすら越えて“イカれた天才”の名をほしいままにするルーマニアの映画監督だ。ベルリン国際映画祭の金熊賞を獲得し、その勢いで初めて日本公開された彼の最新作がこれってわけ。恋人とのセックス動画が流出した女性教師のすったもんだを描いてるんだけど、現代人のモラルを俗悪に笑いのめしながら、コロナ禍によって一変したルーマニアの現実を冷静に見据え、それでも根底では超ド級の下品さをトコトン貫いている。俺、この映画の邦題は『めちゃくちゃバコバコまたはイカれチンポルノ』の方がいいって常々言ってるんだけど、そういうとんでもなくイカれてる映画なんだよ。これこそルーマニア映画の、いや、映画の最先端だ!

私の、息子

カリン・ピーター・ネッツァー

2013
Parada Film

交通事故で人を殺めてしまった息子を助けるため、ありとあらゆる手段で奔走する母親の姿を描いた作品なんだけども、金に物を言わせた汚職行為に権力の濫用にと母親の執念がすさまじい。対する息子はそれに怒りを覚えながらも、親子の絆という呪いから逃れられずにいる。大学卒業からほぼ引きこもりで両親に寄生、難病にかかった後は介護の様相すら呈し始めて、とうとう30代に突入!なんて俺なんか、ぶっちゃけこの映画を他人事として観られないよ。だからこの本を出版するってことが、映画最後の息子のあの行動に重なって見える……かどうかは読者に委ねたいと思うよ。ちなみに今作はベルリン国際映画祭で最高賞の金熊賞を獲得、10年で3つのルーマニア映画がベルリンの頂点に輝くことになった。

トレジャー オトナタチの贈り物。

コルネリュ・ポルンボユ

2015
42 Km Film

《Poliţist, Adjectiv》が俺の人生を変えたとは前に書いた。この映画は監督が同じ人なんだが変な映画なんだよなあ。ある中年男性が隣人と一緒に、あるかないか分からない宝のため庭に穴を掘りまくる。宝探し映画なんて言うと二転三転する娯楽映画を期待するかもだが、スマンね、この映画はだだっ広い庭にただただ穴を掘るだけの映画なんだよ。「監督、観客の期待を裏切って退屈させるのに命懸けてるのか?」と観ている間は思わざるを得ないが、この殺風景ぶりにこそ今のルーマニアに広がる冴えねえ現実ってやつが見えてくるんだ。これが俺にはたまんねえのよ。結局宝は見つかんの?ってのは本編で確認してくれ。でも少なくとも、スゲエ狐につままれた気分になることだけは保証するよ。

4ヶ月、3週間と2日

クリスティアン・ムンジウ

2007
Mobra Films

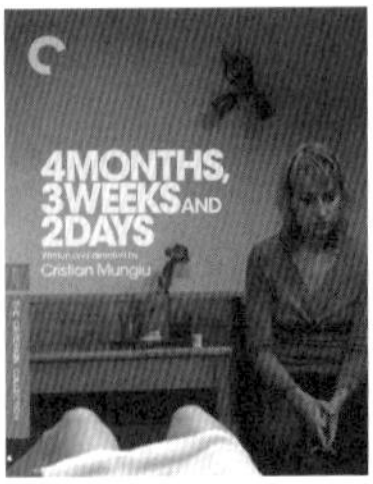

もしこれが無ければ今のルーマニア映画の大躍進はなかった、こう断言してもいいほどに重要なルーマニア映画が本作だ。チャウシェスク政権時代は中絶が禁止されていたんだが、主人公は友人が中絶を求めていることを知り、その手助けを行うことになる。社会主義時代に広がっていた息苦しい現実や性差別の実態を、徹底的なリアリズムで描きだすこの映画は世界に衝撃を与え、カンヌ国際映画祭では最高賞のパルムドールを獲得する。これはルーマニア映画史上において初の、全く偉大な達成だったよ。最近、アメリカで中絶の権利が覆されるって出来事があって、その時に今作の名前が挙げられるのを何度も見た。こんな苦しみの映画が"今日的"みたいに扱われる現状がやるせないよ。

日本からの贈り物

トゥドール・クリスチャン・ジュルギウ

2013
Victor Rebengiuc

題名からして察するかもしれないが、これ、めっちゃ日本が関連しているルーマニア映画なんだよ。過疎化していく村に住む老人のもとに、疎遠だった息子が帰ってくる。彼が連れていたのは日本人の妻と、日本で生まれ育った孫息子だった。父と子の関係性を描くっていう物語自体はベーシックだが、頻繁に日本語や日本文化が出てくるので驚く。でもスシ・ゲイシャ・サムラーイってZ級な感じではなく、かなり丁寧に日本と向き合ってるのが伝わってきて、印象は悪くないよ。さながら、ルーマニアの新しい波を乗りこなす小津安二郎って感じだよな。ちなみに原題の《Câinele Japonez》は"日本の犬"って意味で、これが何を指し示すかっていうのは、まあ観てのお楽しみということでね。

Balanța

Lucian Pintilie

1992
Filmex

1989年、社会主義政権崩壊。《Reconstituirea》の政権批判を咎められフランスへと亡命したピンティリエは20年を経て、故郷ルーマニアに戻ることを許された。そんな彼が完成させた作品がこの《Balanța》なんだ。父を失った女性の旅路を描く1作だが一筋縄じゃあいかない。普通の日常が広がっていたかと思えば、全く予想もつかない非日常が爆発的なまでの唐突さでネラや観客に襲いかかる。監督はいわゆる魔術的リアリズムという手法で社会主義時代がいかに不条理の塊であったかを語り、最後にこう問う。「ルーマニアのこの先には一体何が待っているのか? 希望はそこに存在してくれているのか?」と。俺さ、この映画が作られた1992年に生まれたんだよ。だからこの問いがずっと心から離れないんだ。

ラザレスク氏の最期

クリスティ・プイウ

2005
Mandragora

ルーマニアにおける医療システムの腐敗はかなり悪名高く、外務省も注意勧告を出すほどなんだが、これを世界へと白日の下に曝した映画こそがこの『ラザレスク氏の最期』なんだ。ある独居老人が体調を崩し救急車で搬送されるも、病院をたらい回しにされた挙げ句、最後には死を迎える。この様を2時間半もの時間をかけて描きだす様の悍ましさたるや、本当に恐れ入るよ。1度腐敗のシステムに巻き込まれたが最後、人々は惨めたらしく殆ど誰にも省みられることもないまま打ち捨てられる。そんなルーマニアという国の如何ともし難い闇を、観客は直視せざるを得ないんだよ。そうして「ラザレスク氏の最期」は俺たちにいつか来たる黙示録を見定めさせる。それは命の終りであり、世界の終りであり……

Meandre

Mircea Săucan

1966
Studioul Cinematografic București

たった5本の長編を残して映画界から姿を消した、伝説的映画作家の代表作がこの"Meandre"だ。愛の冷めきった夫婦、彼らに不気味な視線を向ける青年、そんな彼らが愛憎劇を繰り広げる……なんて筋自体は単純なものだ。だが過去と現在を暴力的に行き交う語りに、人間と空間の距離感が常に狂っているような撮影によって、禍々しい雰囲気が常に張りつめているんだよ。この異様な世界をずっと眺めていると、出口のない迷宮を彷徨い続けるような感覚を味わわされる。それは命を宿しているかのごとくうねりつづけ、迷いこんだ人間の体も心も呑みこんでいくんだ。この映画は俺の脳髄に忘れがたい闇を刻みつけてくれたよ。世界に黙示録が訪れるとしたら、この映画のような景色が広がっているんだろう。

Reconstituirea

Lucian Pintilie

1968
Studioul Cinematografic București

エッセイでも名前を挙げたこの1作は、ルーマニア映画史を語るには欠かすことのできない作品だ。2人の若い犯罪者が罪を見逃してもらう代わりに、青少年向けの啓蒙映画を撮ることになる。だがここで彼らは自分たちの犯罪をカメラの前で完璧に再現せざるを得なくなる。ルーマニアにおいて映画は国家が国民を啓蒙するための道具として使われていたが、今作はこれを皮肉っている。そしてこの過程で、犯行現場で行われた暴力をも再現しろとの指示が下るが、飽くなきリアルの追求がルーマニアという国家の権威性と重なり浮かぶ風景は忌まわしい。この映画が政権から咎められピンティリエはルーマニアを脱出、以後20年彼はたった2本しか作れず、これはルーマニア映画史最大の悲劇と言われているんだ。

ルーマニアックシアター

Independența României

Aristide Demetriade

1912
Societatea Filmul de Artă Leon Popescu

ルーマニア映画史上初めての長編映画は、国内ではルーマニア独立戦争と呼ばれている露土戦争を描きだした作品だ。黎明期の常として演出はぎこちなく、筋も延々とただ戦争してるって一辺倒ぶりだが、8万人のエキストラを動員しての物量作戦は正に壮絶。国の威信を懸けてこの大作を作っているというのが雄弁に伝わってくるよ。製作は110年前だから、90代の住谷さんが生まれる前のルーマニアが映ってるわけで感動以上のものがある。規格外なのは撮影の裏側もそうで、独立戦争でルーマニア軍を指揮し、後にはルーマニアの独立を達成した国王カロル1世が製作当時はまだ生きていて、予算の一部を出したんだそうだ。つまりこの映画には色んな意味で、ルーマニアの現代史が詰まりに詰まってんだよ。

Erupția

Aristide Demetriade

1957
Studioul Cinematografic București

石油採掘が盛んな町を舞台として、団結せんとする油田労働者たちとその阻止に動く企業の攻防を描く、50年代のルーマニア映画を語るに欠かせない1本だ。この時代は映画館でソ連映画ばっかが上映されたけども、若い映画人たちが"ソ連に頼ってばっかじゃいられねえ。労働者の団結を祝福する共産プロパガンダ映画、自分たちでも作ったらあ!"って並々ならぬ気概で、この映画を作ったのが伝わってくる堂々たる共産メロドラマだよ。しかも実際、ルーマニア映画史に残る傑作として今にまで語り継がれてきたわけで、なかなか偉大だ。とはいえ監督はこれ含めたった5本しか長編を撮らなかった辺り、国家の息が最も露骨にかかる映画という芸術に最後にはウンザリしたのかもしれない。

ルーマニアを知るための60章

六鹿茂夫編・著

2007　明石書店

世界の色んな国々に興味のある俺は、明石書店が出してるエリア・スタディーズにはマジにお世話になってる。この前も『ウルグアイを知るための60章』読んで、ダニエル・メシャって小説家を知ってFBで友達になったよ。だがシリーズでまず最初に読んだのは住谷さんも寄稿しているこれだ。ルーマニアの地理、言語、宗教、経済、文化など基本情報が総覧できて、本当に入門書として無類だ。で、なんですけど、あのお、もし続刊が出るなら、ぜひコラムとか書かせていただきたいんですが、明石書店さん、どうでしょう?

ラテン語の世界

ローマが残した無限の遺産

小林標

2006　中央公論新社

「ルーマニア語は現存する言語で最もラテン語に似ている」なんて俗説がある。なのでこの本や文法書、キケロー全集でラテン語を少し学んでみた。そして今俺は「ルーマニア語は現存するロマンス諸語で最もラテン語に似ている」と思っている。ラテン語の核は複雑怪奇な格変化だと思うが、確かに仏伊西ポル語が放棄したこの文法を、属格変化だけとはいえルーマニア語は保持している。だがチェコ語やセルビア語などのスラブ語だって格変化しまくるし、こっちのがラテン語っぽい。だからロマンス諸語との比較限定でああ言えるって感じだね。

生まれてきたことが苦しいあなたに

最強のペシミスト・シオランの思想

大谷崇

2019　星海社

この大谷崇って人とは面識自体ないんだが、勝手に“先輩”と思わせていただいてるよ。何せシオラン、いやチョランの思想に惚れこんでルーマニアに移住して、ルーマニア語で研究して、こんな本まで書いちゃうんだからね。俺のチョラン与太話聞くより、人生から思想までそのエッセンスを新書サイズに凝縮してみせたこの本を読んだ方がいいよ。あと俺、ルーマニアの新聞〈Observator Cultural〉に載った大谷さんのインタビューも読んだよ。インタビュアーも言ってるがすげえ綺麗なルーマニア語話すんだよな。憧れちゃうよ。

Spazio privato-Spațiu privat

Elena Vlădăreanu

2016 Pietre Vive

この本は俺が初めて手にしたルーマニア語詩集のなかの1冊だね。前に書いた通りルーマニアってAmazonないから、どうルーマニアの本を手に入れるか試行錯誤してたんだけど、何とこの原文つきのイタリア語版がAmazonでも買えたんで、思わず頼んじゃったよな。それで家にやってきた両の手のひらくらいの大きさの本を実際に手にした時、グッと重みが体の芯に迫ってきた感覚を俺は未だに思い出せるよ。題の意味は「私的な空間」って感じで、そういう等身大の日常が素朴に語られる一方、ピョンと飛躍する瞬間もあって面白い詩集だったな。

方形の円 偽説・都市生成論

ギョルゲ・ササルマン
翻訳：住谷春也

2019 東京創元社

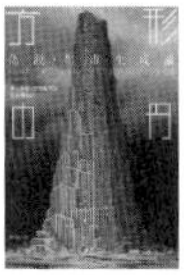

この本は俺が住谷さんと知り合うきっかけになった本だからそれだけで思い出深いんだが、ここでは内容について話そう。36の架空都市が生まれ滅ぶ風景を、36の掌編として描きだしてみせるという大胆不敵な短編集で、読んでいると目眩がしてくるよ。最初読んだ時はお世辞にも物語世界に深く入りこめたとは言えないが、クローン病による濫読を通じ建築学に触れた後に再読したら、都市の流転の裏側にササルマンの建築や都市計画への該博な知が見えてきて、畏敬が増したよ。とんでもない作家だ。

Scrisorile din Cipangu:

povestiri japoneze scrise de autori români

Raluca Nagy 他

2016 Trei

これは『ジパングからの手紙：ルーマニアの作家たちによる日本の物語』ってタイトルのオムニバス短編集で、日本に縁のあるルーマニアの作家たちが作品を寄稿しているんだ。件のラルーカさんはもちろん、彼女と一緒に早稲田に留学していたホレア・シビシュテアヌ（Horea Sibișteanu）、島崎藤村や左川ちかの研究者イリナ・ホルカ（Irina Holca）、柳美里の『JR上野駅公園口』や多和田葉子の『献灯使』を訳したモニカ・タマシュ（Monica Tamaș）など、寄稿者が今における日本文学受容の精鋭勢揃いで超凄いよ、こいつは。

ルーマニアクッキング
ヴィーガンデトックスレシピ45

スクタリウともこ

2021 セルバ出版社

ここでルーマニア料理のレシピ本も紹介しよう。これはただの料理本じゃなくて、ポスト料理って“ルーマニア式肉断食”を専門に扱ってる本だ。というわけで野菜をたっぷり使った、いわゆるヴィーガン料理に近いルーマニア料理がたくさん掲載されているってことで、今の時代にもピッタリだ。俺もクローン病のせいで特に肉や油が全く摂れないわけで、ルーマニアのロールキャベツであるサルマーレや、ザクスカって名前のトマトスープなんか作ったらいいんじゃないか?って思える。きっと腸にも優しいだろう。

ぼくはソ連生まれ
ヴァシレ・エルヌ
翻訳：篁園誓子

2022 群像社

Facebookを見てて、ルーマニア語に混じって「ぼくはソ連生まれ」なんて日本語が流れてきた時、本当に度肝ブチ抜かれたよ。ルーマニア文学がルーマニア語から日本語に訳される、しかも住谷さんや直野さん以外の人物によって? 最初は疑ったが著者自身が「こんなルーマニア語が堪能な日本人がいるとは驚いた」と語っていたから、これはマジらしい。嗚呼、とうとう篁園誓子という新たなルーマニア文学翻訳者が日本に現れたことを、俺は心から感謝したい、そして喜びたいんだ。俺は一人じゃなかったんだよ。

優しい地獄
イリナ・グリゴレ

2022 亜紀書房

この驚きに関してはいくら書いても書ききれない。ルーマニアの人が日本語で書いたエッセイ集だって? そして読んだら、また驚愕だよ。俺の文章がノートにシャーペンで刻まれた、グラファイト剥き出しの殴り書きって感じなら、彼女の文章は繊細で広大な、印象派の絵画みたいなものだ。文章を比べて読んでいると、文字通り異なる次元に住んでるんじゃないかって思えるよ。マジにどこからともなく現れた、この天才は一体何者なんだ?……いや、こう書いたが“どこか”はハッキリ分かっている。そう、ルーマニアだ。

HELLSING

平野耕太

1998-2009　少年画報社

漫画にアニメに小説にと、日本において吸血鬼ものは数えきれないほどある。だが俺にとっての最高傑作といえば、『HELLSING』しかないよ。“血湧き肉踊る”って慣用句が文字通りかつ前代未聞の形で繰り広げられる様に、もう完全にKOされた。で俺、結構昔、初めて会ったルーマニアの人に「読んだ／観たことある?」って聞いたんだよ。そしたら「うん、高校生の頃にアニメ観てたよ」って彼女は言ったんだ。ヒラコー、吸血鬼の故郷ルーマニアにも『HELLSING』知ってる人いるよ、それで話が弾んで大切な友達が増えたよ。ヒラコー、ありがとう。

ドラキュラ伯爵

ルーマニアにおける正しい史伝

ニコラエ・ストイチェスク
翻訳：鈴木四郎&鈴木学

1988　中公文庫

『吸血鬼すぐ死ぬ』のファンの皆さま、こちらが世に名高いヴラド・ツェペシュについての研究書、しかもルーマニア人がルーマニア語で執筆した1冊だ。『吸血鬼ドラキュラ』の汚名をトコトンそそぐって気概で書かれたゆえ筆致はツェペシュ礼賛、かつめちゃ細けえんだわ。ぶっちゃけ入門書レベルじゃあないが、ルーマニア外で独り歩きするツェペシュのイメージ変遷も詳しいし、ルーマニア人としての誇りに裏打ちされた熱量がすごい。「お前、本当のヴラド・ツェペシュが知りたいんだな?　沼だぞ」ってナイフ突きつけられてる気分になるよ。

ルーマニア音楽史

音楽家の足跡から辿る

畠山陸雄

えにし書房　2015

俺、ルーマニア音楽に関してはインディーズ音楽しか興味なかったんだけど、図書館を回っていたら見つけたこの本はルーマニアのクラシック音楽史を描いているってことで、思わず手に取ったよ。チプリアン・ポルムベスクやクララ・ハスキル、ディヌ・リパッティって俺にとっちゃ未知も未知のルーマニア人音楽家が勢揃い、そうでなくてもここまでルーマニア人名が並ぶ本は滅多にないし圧倒されたよ。ちゃんとアルファベット表記も完備で、読んだらすぐ検索して音楽を聴くことも可能だ。本当にいい時代になったよな。

七つのダダ宣言

トリスタン・ツァラ
翻訳：宮原庸太郎

2010　書肆山田

実はルーマニア人である芸術家その3はフランス語詩人ツァラだ。彼が創ったダダイズムの“ダダ”って、そもそもルーマニア語で“はい”を意味する“da”が由来だからね。特にこの創成期のマニフェスト詩を集めた本は若き詩人の、死ぬほど溢れる初期衝動と支離滅裂な自意識過剰がえげつないくらい発揮されてて、強すぎる酒煽ったような酩酊に陥っちゃうよ。実は俺の初めて文芸誌に載った詩「マニフェスト:日系ルーマニア語」もこれが元ネタ……というのはまあ嘘だが、少年漫画でも後付け設定とかよくあるやん。この設定でぜひ行かせてくれ。

ブランクーシ

中原佑介

1986　美術出版社

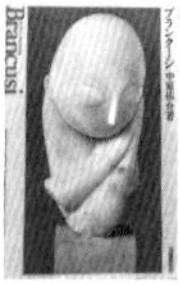

実はルーマニア人である芸術家その4は現代彫刻家コンスタンティン・ブランクーシだ。この評伝はロダンに師事して一度は己をルーマニアから切り離そうとしながら、幾度となく故郷の大地や文化に回帰していき、その先で造形芸術が宿す普遍の美を見出だしていくブランクーシの姿が余すところなく描かれている。そして著者は彼の彫刻に魅了され、わざわざルーマニア語を勉強し文献を読んだうえで執筆ってことで気合いの入りようも違う。芸術への愛からルーマニア語学習へなんて、かなり共感しちゃうね。

吸血鬼すぐ死ぬ

盆ノ木至

2015-　秋田書店

2021年は押井守が吸血鬼テーマで『ぶらどらぶ』ってアニメを作ったり、バイオハザードの最新作がルーマニア舞台だったり、日本のサブカル界隈で妙にルーマニアがアツかった。だが一番デカかったのはもちろん『吸血鬼すぐ死ぬ』アニメ化だよな。何が感動したって、アニメ放映後、ファンが二次創作書くためにルーマニア語学んでるのをTwitterでマジで何回も見たんだよ。もうね、涙ちょちょぎれ。彼女らこそ、あの韓国好きおばさんたちの高潔な魂を受け継ぐ存在だって確信したね。2023年の2期放送開始後どうなるのか、俺は武者震いよ。

ルーマニア語の入門

直野敦

1977 白水社

俺はこの枠を、住谷さんに並びたつ、もう1人の偉大なるルーマニア文学者である直野敦先生に捧げたい。あなたがいなければ俺はエリアーデの『ムントゥリャサ通りで』も、スタンクの『はだしのダリエ』も読むことはできませんでした。そしてこの『ルーマニア語の入門』がなければ、小説を書くほどにルーマニア語を極めることもできなかった。俺はあなたにもやはり人生の多くを負っています。そして今はあなたの『アルバニア語入門』を読み、新たな道を歩み始めています。これからも何卒、何卒宜しくお願い致します。

悪しき造物主

E.M.シオラン

翻訳：金井裕

2017 法政大学出版局

正直このリストをシオランの著作だけで埋めてもいいくらいに俺は彼にゾッコンだが、そうもいかない。だからたった1冊だけ、この『悪しき造物主』を。冒頭から神への呪詛を吐き散らかしていき、世界に新しい生命が生まれてしまう現状に義憤すら抱く。その憎悪の突き抜け方が他の追随を寄せつけなさすぎて、俺は思わず笑っちゃうんだよな。コカ・コーラとか飲みながら読むのは無理よ。だって「ゴッドタン芸人マジ歌選手権」みたいに口から液体ブチ吹いちゃうからさ。みんなもお笑い芸人のエッセイ読む感じで、シオランの本読んでくれよな。

授業／犀

ベスト・オブ・イヨネスコ

ウージェーヌ・イヨネスコ

2020 白水社

シオランに続く、実はルーマニア人な芸術家その2が劇作家イヨネスコだ。説明不要な不条理演劇の大家だが、彼の作品を読むなら2020年に出たばかりの新装版をオススメする。作品がいくつも収録されているが、俺のオススメはやっぱ「犀」だね。俺は無数の馬がはちゃめちゃに爆走するって悪夢をよく見るんだけど、これを読み直したり内容を思い出したりするたびさ、その無数の馬がサイになるんだよ。それくらいインパクトがある不条理劇だ。根底には論理学や言語学の知見があるってのも、ルーマニア語作家になった今注目したいポイントだ。

Viața ca o pradă

Marin Preda

1977 Editura Albatros

マリン・プレダという小説家は、社会主義時代のルーマニアを生きた作家のなかでも最も有名な存在だが、そんな彼の自伝的作品がこの本なんだ。息苦しい子供時代、第2次世界大戦に翻弄される青年期、小説家としての開花。こういった過去がバラバラになった断片として浮かんでは消えていく。俺は、住谷さんが送ってくれたこの本を正に今も読んでる。この大作家のルーマニア語は聳える山のごとくで、読むたびすぐさま満身創痍だ。それでも少しずつでも読み進めることが重要なんだと、今日もまたこの本を開くんだ。

Scarred Hearts

Max Blecher

2008 Old Street Publishing

これはあえて英訳で紹介させてくれ、何でってまだルーマニア語で本読むのなんて無理だった頃、英語翻訳で読みきった1冊だからだ。戦前のルーマニアを生きた夭逝の小説家が最後に遺した長編小説で、自身の境遇をもとに不治の病に冒されサナトリアムで自身の死を待つ青年を描いている。不治ではないにしろ難病で引きこもっている俺の今の境遇と共鳴するところが多々あってさ、また泣けてくるよ。英訳の他、映画化作『若き詩人の心の傷跡』がJAIHOって映画配信サイトで観られるからぜひ観て、傷だらけの俺のこと想ってくれよ、ははは。

ニューエクスプレス

ルーマニア語

鈴木信吾&鈴木エレナ

2008 白水社

日本語のルーマニア語テキストは3冊使ったけど、この2冊目を俺は一番使いこんだのがこれだ。“Bine ai venit／ようこそ!”って基本的な表現から、“Nici nu-mi imaginasem...／...だとは全く想像してませんでした”って直接法大過去とかいう小説書く時にしか使わない応用表現まで、こっから多くのことを学んだよ。読み返した時、文章に凄まじいまでのシャーペンの書き込みがあるのが視界に入ってさ、艶のある濃灰の彩りに目が眩みそうになったよ。これを書いた過去の俺に伝えたい。お前は数年後にルーマニア語で作家になるぞ、と。

ルーマニアックの本棚

ノスタルジア

ミルチャ・カルタレスク
翻訳：住谷春也

2021 作品社

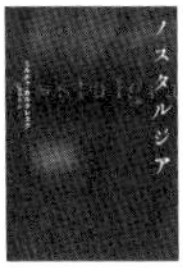

世界では村上春樹と並び語られるルーマニアのノーベル文学賞最有力候補、彼の代表作を日本語で読めることの感動ったら、太陽の1600倍デカイはくちょう座V1489星よりもまた更にデケえよ。この中短編集は幻影が文字としてそのまま顕現したとしたらこうなるって本で、読んでいると俺の眼球や脳髄がルービックキューブさながら根本から組み換えられていく不穏な感覚を常に味わう。これを一気に読むのは危険な行為だ。実は住谷さんから原書を預かってるけど、少し読むだけでルーマニア語の魔に引きずりこまれそうになる。正に、異形。

妖精たちの夜

ミルチャ・エリアーデ
翻訳：住谷春也

1996 作品社

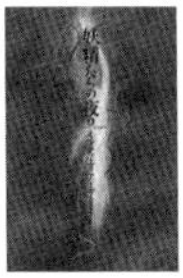

これに関しては俺の勘違いについてしか書いてなかったから、内容紹介もぜひさせてくれ。エリアーデ自身の人生を基にした自伝的な1作だが、1人の男の苦悩多き半生が描かれる以上に、ルーマニアが味わった苦難の現代史がヨーロッパひいては世界の現代史と重なりあいながら描かれるという意味で、壮大なる大河小説として堂々と聳えたっている。2巻合わせて約1000ページゆえ、おいそれと薦めることなんかできない巨山（俺も読むのに骨が折れたよ）だが、唯一無二の読書体験をもたらしてくれることは間違いない。

呼び出し

ヘルタ・ミュラー
翻訳：小黒康正＆高村俊典

2022 三修社

ヘルタ・ミュラー、ルーマニア生まれのドイツ人作家。少数民族として迫害された後に西ドイツへ移住、ドイツ語でルーマニアを舞台とした作品を執筆し続け、2009年にはノーベル文学賞を受賞する。ドイツ（語）文学でなくルーマニア文学という観点から見ると、彼女の存在はかなり微妙な腫れ物として扱われている印象を受ける。だが何にしろ、社会主義時代のルーマニアにおける果てしない閉塞感を、読みながら最も鮮烈に追体験できるのは彼女の作品であることは間違いない。今年、新しく邦訳された「呼び出し」が正にそれを象徴している。

来たるべき
ルーマニアック
のための
巻末資料

・

ルーマニアックの本棚

・

ルーマニアックシアター

・

ルーマニアックの
プレイリスト

千葉からほとんど出ない引きこもりの俺が、一度も海外に行ったことがないままルーマニア語の小説家になった話

二〇二三年二月十日　第一刷発行
二〇二三年七月二十日　第七刷発行

済東鉄腸（さいとう・てっちょう）

一九九二年千葉県生まれ。映画痴れ者、映画ライター。大学時代から映画評論を書き続け、「キネマ旬報」などの映画雑誌に寄稿するライターとして活動。その後、引きこもり生活のさなかに東欧映画にのめり込み、ルーマニアを中心とする東欧文化に傾倒。その後ルーマニア語で小説執筆や詩作を積極的に行い、現地では一風変わった日本人作家として認められている。コロナ禍に腸の難病であるクローン病を発症し、その闘病期間中に、noteでエッセイや自作小説を精力的に更新。今はルクセンブルク語とマルタ語を勉強中。趣味は芸歴のまだ短い芸人のYouTube動画に激励メッセージを残すこと、食品や薬品の成分表を眺めること。注目している若手芸人はネオバランス、春とヒコーキ。最も気になる化学物質はアスパルテーム・L-フェニルアラニン化合物。今回が初の著書。

著者　済東鉄腸
発行者　小柳学
発行所　株式会社 左右社
〒一五一-〇〇五一 東京都渋谷区
千駄ヶ谷三-五五-一二ヴィラパルテノンB1
https://sayusha.com/
TEL:〇三-五七八六-六〇三〇
FAX:〇三-五七八六-六〇三二
印刷所　加藤文明社
装画　横山裕一
装丁　木庭貴信＋青木春香（オクターヴ）

ISBN 978-4-86528-350-1